ぼんくら陰陽師の鬼嫁 八

秋田みやび

富士見L文庫

目次

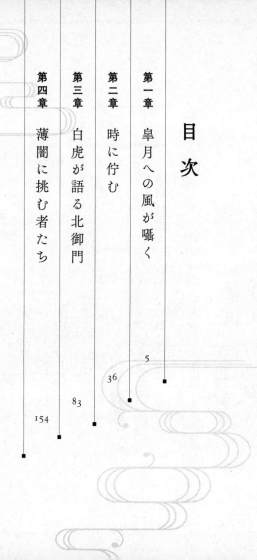

主要人物家系図

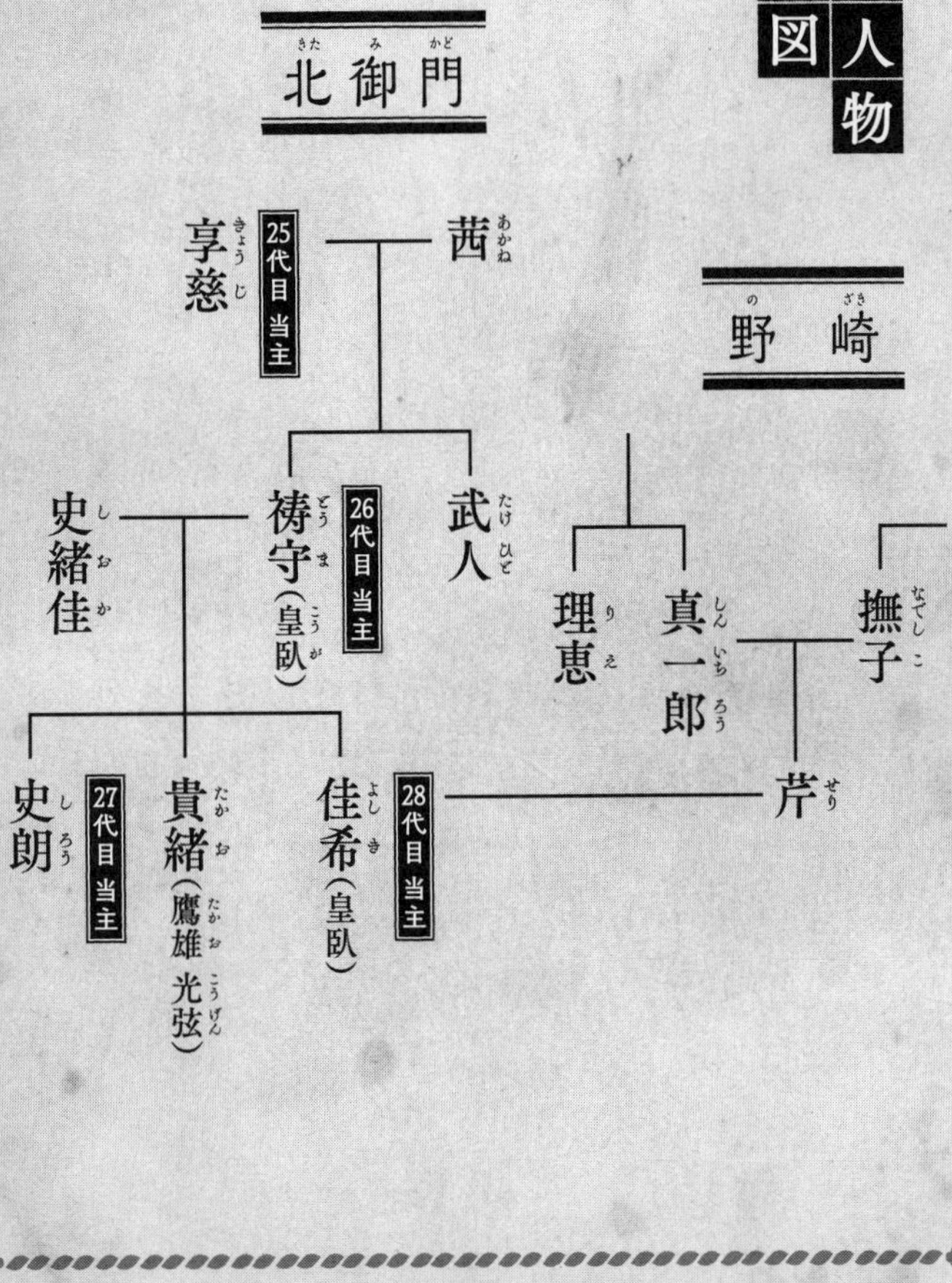
北御門《きたみかど》
享慈《きょうじ》
25代目当主
茜《あかね》
祷守《どうま》（皇臥《こうが》）
26代目当主
武人《たけひと》
史緒佳《しおか》
史朗《しろう》
27代目当主
貴緒《たかお》（鷹雄《たかお》 光弦《こうげん》）
佳希《よしき》（皇臥）
28代目当主
野崎《のざき》
理恵《りえ》
真一郎《しんいちろう》
撫子《なでしこ》
芹《せり》

第一章　皐月への風が囁く

1

四月も下旬に差し掛かった大型連休突入直前。ともすれば、汗ばむような陽射《ひざ》しも増えてきた頃。

「あれ？」

北御門芹《きたみかどせり》のスマホが、液晶にとある名前を映して震えだしたのは、大学構内のカフェテラスにて、ちょっと珍しい組み合わせでお茶をしていた最中だった。

授業と授業の合間。学生たちが教室の移動に行き交い、またこの後授業のない者は帰宅やバイトやサークルやクラブ活動へと流れていく、楽しげなざわめきがひときわ高くなった頃合いである。

随分斜めに傾いた陽光が、一瞬前まで黒々としていた画面に降り注いでいた。

――夕木薙子《ゆうきなぎこ》

登録してはいたが表示されるのは初めての名前に、芹は見間違いではないだろうかとおしゃべりを止めて、しばしディスプレイに見入ってしまった。

通話を求めて震えるスマホは、大学構内のカフェテラスのテーブルでぶーぶーと低く唸《うな》っている。

「出なくていいの？　芹」

テーブルに同席していたうちの一人が、ミックスサンドを齧《かじ》りながら首を傾《かし》げた。親友の真田愛由花《さなだあゆか》だ。

芹の向かい側に座っていた後輩にして北御門家の内弟子・八城真咲《やしろまさき》が、何気なくスマホの表示を読み取ったのだろう、微妙な表情をしていた。

「あ。うん、ごめんね。じゃあちょっとだけ」

振動のせいで、微妙にじわじわと芹の手元ににじり寄ってきていたスマホを手に取り、芹は席を立つ。

「ごゆっくり」

ミルクティの紙コップを手に包むようにしていた高橋沙菜《たかはしさな》が、穏やかに微笑《ほほえ》んで見送ってくれる。

テーブル席に残った三人へと一瞬だけ振り返って頷《うなず》きつつ、芹は珍しいメンバーだと改めて笑いだしそうになった。女子に挟まれる形になった八城は、ちょっと居心地悪そうに大きな身体《からだ》を縮めがちだ。

「はい、北御門です」

まだ震えるスマホを通話にフリックしながら耳に当てた。そう名乗ることにも、すっかりなじんだ。友人たちのテーブルから少しだけ離れた花壇のふちに腰掛け、そちらに一度手を振って聞こえてくる声のほうへと集中する。

『お久しぶり、夕木です』

しっとりとして落ち着いた女性の声が、聞こえてきた。

その声の主に対して、やや複雑な屈託を一方的に抱いている芹だが、こうして声を聞くと少しうれしい気持ちにもなるのが不思議だった。

夕木薙子――かつての北御門流陰陽道《おんみょうどう》の内弟子の一人だった女性だ。

少し前、梅が花盛りの季節に、とある雨降りしきるオーベルジュにて事件がらみで関わったことがある。

「お久しぶりです、薙子さん。電話初めてですよね、二か月ぶり……くらいですっけ？お元気でしたか？」

『ふふ。そうね、私も奏多《かなた》も、元気なものよ。前にお会いした時はまだ寒かったけど、芹さんはお元気？　北御門家の人たちも』

「ええ、全員変わりなく元気ですよー、最近ひとり北御門家に家族が増えることになりまして……」

『えっ！』

当たり障りのない近況と天候の話のついでだったのだが、スマホの向こうの薙子が一瞬妙な沈黙と戸惑いを生じさせた。

「え？」

『あ、それは……おめでとう！　予定日はいつ⁉　芹さんまだ学生って聞いてたし、予想外だったから狼狽《うろた》えちゃ……』

「ちがー！」

芹としては思いがけない方向からの誤解に、ついうっかり大声を上げてしまいテーブル席の三人の注目を集めることになってしまった。

「ちがう！　ちがます！　いや、ちがいます！　誤解！　そうじゃなくて！」

焦りで変な日本語になってしまいつつ、芹は否定を連打する。その勢いに姿の見えない薙子も呑《の》まれたようだ。何やら微妙な沈黙と咳払《せきばら》いが一拍遅れて聞こえてきた。しかし、よく考えると芹の言葉も誤解を生みやすかったように思える。

今更ながらだが、一応既婚者なのだ。全くそっち方面への意識が欠けていた。

「文字通り、皇臥《こうが》のお兄さんが今、家にいるんですよ」

『…………うげ』

何やら、嫌そうな一声が聞こえた気がした。露骨に顰《しか》めている表情も想像できた気がして、芹は小さく笑いを嚙《か》み殺《ころ》す。

どうやら契約夫・北御門皇臥の実兄、北御門貴緒《たかお》は薙子とも良好な関係ではないらしい。一体、誰なら関係良好でいられるのだろうと、現在北御門家にて蟄居《ちっきょ》状態の義兄を思い浮かべながら、芹は密《ひそ》かに首を傾げる。

当たり障りのない天候の話を交えた挨拶と簡単な近況と互いの息災を伝え合いながら、ふとスマホ向こうの声が、芹の通話に混じる雑踏を聞き取ったのだろう。少し申し訳なさそうに声のトーンを落とした。

『ごめんなさい、移動中とか忙しい中だったりする？　それなら、またかけ直してもいいのだけれど』

「あ。大丈夫です、友人たちとお茶していただけなので」

テーブル席では、こちらから注意を逸《そ》らした愛由花と沙菜が楽しげに話をしている。さっきまで愛由花が廃墟《はいきょ》研究会の活動について色々と聞いていた。彼女が沙菜のスマホを覗《のぞ》いてるのはきっとその関連の画像を見せてもらっているのだろう。

八城以外はそれなりに話がはずんでいるようだし、もう少しゆっくりと話していても問題ないだろう。

『そう？　じゃあ、お言葉に甘えさせてもらおうかな。……実は、うちに来たお仕事があるんだけれど、北御門のほうで引き受けてもらえないかと思って』

「ィ喜んでー！」

つい、反射的に居酒屋ノリで応えてしまい、通話口からも周囲からも小さく笑われてしまった。

『もうー。そんな二つ返事で引き受けていいわけ？　面倒なこと言いだすかもよ？』

「まあ、それはそうですけど……本当に面倒なことだったら、皇臥だけじゃなくて北御門で引き受ければいいんですよね？　とはいえ……なんで、うちで？　いちお、薙子さんたちも、そういう系のお仕事ですよね。えーと、影臣《かげおみ》くんと」

夕木薙子が、弟の夕木奏多《ゆうきかなた》――夕凪影臣《ゆうなぎかげおみ》という諱《いみな》をもつ少年とともに、ちょっとボーダー踏み越えかけた霊能者稼業を営んでいるのは、芹も知っている。

『そうね。でも、もともと奏多は今年度は仕事をお休みさせるつもりだったのよ。貯金もそれなりに増えて、余裕あるし』

「え、そうなんですか」

『あの子、今年、高三だから』

「あー。受験生かー」

髪を褪《あ》せた麦わら色に脱色した、ハイテンションな少年を思い出して、さもありなんと芹も納得してしまった。同時に「ねぇーちゃん！　オレちゃん全然、イケるんですけどーぉ！」と聞き覚えのある声がスマホの向こうから遠く聞こえてくる。

『うっさい！　アンタはせめて推薦取るまでは大人しく勉強しろ！　……と、ごめんなさい、奏多がうるさくて』

一瞬の身内への遠慮ない怒鳴り声と、反転するような余所行《よそい》きの声音がスマホ越しに戻ってきて、芹はつい目が遠くなる。

あー家族だなー……というかお母さんだなー。

しっとりとした上品で大人な印象が強い薙子だが、弟には割と容赦がない一面がある。歳の離れた弟を親元から連れ出し、女手一つで育ててきたという背景を考えると、どうしてもそうなるものなのだろう、などとぼんやりと考えていたせいで、危うく色々と聞き逃しそうになった。

『じつは、イレギュラーで入った急ぎの仕事なのよ。佳《よし》ちゃんたちに受けてもらえなかったら、こっちが出向こうかと思ったんだけど……ホラ、うち基本的に色々と下調べしてから行くスタイルだから、急のはね。ちょっと及び腰になっちゃうの』

「急ぎ、ですか」

うーん、と芹は小さく唸る。

そうだとすれば安請け合いはできない。北御門家の主人である皇臥の予定を聞いていないのだ。

『いちお、代表の依頼人は新島《にいじま》さんというのだけれど、自治体からのお仕事でもあるの。考えてもらえるなら、資料を添付させてもらうけど』

「わかりました。じゃあ、資料いただけますか？　わたしのメールアドレスに添付していただいて大丈夫です」

『ありがと。それでは、また明日にでも改めてご連絡させていただきますね』

最後は、ちょっとビジネスライクな口調になっていて、オーベルジュで出会った薙子を思い出し、今日も黒のスーツなのだろうかと自然と笑みが漏れた。あれはあれで神秘的な感じで格好いいが、もう少し華やかな服装なんかも見てみたいなどと考えてしまう。

通話終了とディスプレイが暗くなるのを確認し、カフェのテーブルを振り返ると、沙菜と愛由花はまだスマホを覗きこんで楽しげに話し込んでおり、時折沙菜に注釈を求められた八城が、しどろもどろに何やら説明しているようだ。

「あ。芹先輩、終わったんすか？」

最初に芹の戻りに気付いた八城が、声をかけてきた。通話相手が無縁な相手ではないだけに、少し気になったようだ。

「ん。詳しい話はまず、皇臥にね」

「そっすね」

食い下がりもせずに納得した八城の懐からは、ぴろぴろぴろぴろと連続したメッセージの着信音が聞こえてくる。

「……見ないの？」

「誰かは100パーわかるんで」

なるほど、と芹も深くは追及しなかった。先ほどの通話相手の弟は、メッセージ魔だと聞いたことがある。

「あー。いいなあ、こういうのまったく興味なかったけど、改めて意識してみると、面白いねえ！」

沙菜のスマホを見ていた愛由花がいつもよりも1オクターブ声を跳ね上げている。

「でしょう？　私も、こうして廃墟の写真見せてもらうだけじゃ物足りなくなってきていて……」

「うんうん。わかるわかる、現場の空気感、味わってみたいと思う！　でも、危険だっていうのもわかるしなあー」

廃墟研究会の男子と、つい最近お付き合いを始めただけに、親友の興味の方向が広がりだしたようで、芹としては微笑《ほほえ》ましいような心配なような、複雑な心境である。

もともとこのテーブルでは廃墟研究会の何人かが集まって、次の活動について簡単に話し合っていたところだ。今日の授業を終えた芹と愛由花が偶然それを見かけ、何となく近づいて談笑していたが、次の授業のある者たちが抜けてしまい、このメンバーになってしまった。

とはいえ、高橋沙菜と愛由花はまったくの知らない同士ではないし、芹と八城もうっかりすれば誤解されそうな距離感の関係である。何となく、お茶という流れになったのは自然といえば自然だが、八城に関しては逃げそびれた——という状態に近いのではないだろうか。

きゃっきゃと楽しそうに廃墟や、廃研のメンバーとの活動の写真を見ている沙菜と愛由花をよそに、八城は炭酸飲料の缶を傾けている。

「芹先輩、今日はもう終わりっすよね。オレのバイト、店長がぎっくり腰で流れちまったんで、車乗って行きます？」

「あ。そうなんだ、それはありがたいな、じゃあ八城くん今日は夕食いるよね。スーパー付き合って荷物持ってくれると、さらに嬉《うれ》しいんだけど」

「お安いご用っすよ」

愛用のミニバンで通学している内弟子に便乗させてもらえるのは、正直なところありがたい。同じ場所に住んでいるとはいえ、「一緒に帰る」ではない言葉を選んでいるあたりが、八城なりの大学での一応のお気遣いのようだ。廃墟研究会では、八城が北御門家に下宿させてもらっていることは周知の事実だが、男女の先輩後輩が一つ屋根の下に同居となると、どんな尾ひれがつくかわからない。しかも、芹は一応既婚者なのだ。

「沙菜先輩も、家まで送りますよ。授業終わったって、言ってましたよね」

「え。いいの？　ありがとう！」

スマホから顔を上げた沙菜が、ぱっと表情を輝かせた。

「もちろんいいっすよ。あの辺、暗くなると怖そうだし」

「実はそうなの、助かるー。陽が長くなってきたとはいえ、遅くなると歩くのちょっと怖いの」

沙菜が両手を合わせて八城を拝むように見遣《みや》る。

その様子を少し不思議そうに首を傾《かし》げて眺めていた愛由花が、そっと芹へと身を寄せて声を低めた。

「……ね、芹。あの二人付き合ってたりする？」

「それはない」

「……仲良さそうなのに」

一刀のもとに愛由花の予想を切って捨てた芹の脳内に、何やら焦ってわめきたてている本間翔《ほんましょう》の姿が過ったが、丁寧に無視することにした。

「先輩後輩とはいえ、彼女の家の立地と周辺の雰囲気まで知ってるお気遣い。——距離感近くない？」

それは、きっとこの間、藤村《ふじむら》病院でのいざこざで沙菜が具合を悪くした際に、八城に送迎をお願いしたから、家を知っているのだ。あと以前、同じ祟《たた》りに遭ったという嫌な方向の連帯感ではないかと思うのだが、さすがに口に出せない。

「あゆちゃんが、他人のそういう方向のことに興味持つのって、珍しいね」

芹も声を低めて囁《ささや》き返した。その言葉に、残念そうにテーブルに崩れていた愛由花が、ちらりと視線を上げ。

「————……下心は、ある」

「どんな？」

「まあ、なんというか。廃研ってどんなことやってるのかちょっと興味持ったけど、侑《ゆう》……二階《にかい》の、その、いちお、カノ、だし。興味あるからって、気軽に顔出しても周囲に気を遣わせるかもしんないし。他に、もう一組くらい、いれば……ちょっと空気うやむやにできるかもって、思った」

おっと。一瞬、名前で呼びかけましたぞ、順調のようですなー。などと、途中からしどろもどろになる愛由花の反応に、芹も微妙ににやにやとしてしまう。なるほど、悪気なく旦那いじりをしてくる友人たちだったが、そのうずうずとした気持ちがわからなくもないかもしれない。

半分テーブルにうつぶせになりながら頬を赤らめ、もごもごと呻《うめ》くように弁解する親友の様子は、今まで芹も見たことがなかったもので、微笑ましさを通り越しなぜかちょっと手を合わせて拝みたい気分になった。

――ああ。これがサブカルに通じる友人・夏織《かおり》がよく言う「尊い」なのかもしれない。

「あんまり気にすることないと思うけどね」

「それに、もし、二階の元カノとかいたら気まずいじゃんっ」

気楽な芹の感想に、愛由花は囁き声《ごえ》で危惧を重ねた。

「いや、マジで気にすることないっすよ。うち、女子がなかなか活動に参加しないんで。

女子が参加してくれたら、沙菜先輩も出やすいっしょ」

「あ。聞こえてた？」

どうやら筒抜けだったらしく、八城は「さーせん」と簡単に謝って、肩をすくめている。

同じだったらしい沙菜も声に出さずに微笑みながら、小さく頷《うなず》き返した。

「美葉瑠《みはる》先輩も、就活忙しくなると思うから、顔出す機会少なくなるって言ってた。だから次の廃墟《はいきょ》探索は、新人女子が出やすいように私も参加するつもりだけど……愛由花ちゃんが一緒だと、さらに気が楽だなあ」

「交流会も兼ねて次は五月下旬に予定してますけど、ついでに芹先輩もいかがっすか？」

「ご冗談を」

小さく唸《うな》りながら、テーブルに突っ伏して迷っている愛由花の頭越しに、押しつけがましくならない程度の誘いを投げ合う廃墟研究会員に、思わず芹も苦笑するしかない。

「会長代替わりして最初の大きい活動だから、二階先輩も色々大変っすからね。今まで本間先輩がやってくれてた手続きとか、色々のしかかってくるんで」

「え！　そっか、二階くんが次の会長なんだ！」

「本間先輩は院に進む予定らしいんで、美葉瑠先輩よりは頻繁に顔出すって言ってましたけどね。『責任なしで、大きな顔してやるー！』とか笑ってましたよ」

「うわ、うざいOBロードまっしぐら」

芹の辛辣なコメントに、沙菜が小さく噴き出し、『本間先輩』を知らない愛由花がきょとんとしている。

「だからね？」

今度は沙菜が、そっと身を屈《かが》めるようにして愛由花へと声を低める。

「二階くん、ゴールデンウィークは、結構暇にしてると思うよ？　もちろん、おうちのこととかバイトはわからないけど……誘っても大丈夫だと思う」

「二階先輩オレに探りいれてきてましたからね。芹先輩が真田先輩と遊ぶ予定を入れてるかどうか。オレに聞くな遠いっての。付き合いたてだと、誘いを断られるのって、やっぱショックなんすかね」

沙菜と八城の言葉に、愛由花は耳まで赤くしてパッと勢いよく顔を撥《は》ね上げ、席を立つ。

「ごめん、えっと……ちょっと、うろついてくるね！　あと、八城くん。なんか不平等感あるから、あたしも愛由花先輩でよろしく！」

肩にカバンをかけるのももどかしい様子で、せかせかとトレイと皿を持ち上げながら、真田愛由花は芹たちに手を振って、身を翻すように校舎へと早足で歩きだした。最後に、びしっと八城に指を突き付けると、春用コートの裾がひらりと大きく広がり、低めのヒールが立てる足音が遠ざかっていく。その光景を、芹はむず痒《がゆ》いような心持ちで見送ることになった。

「二階くんの授業もうすぐ終わるからー」

「ここで待っててもいいと思うんすけどね」

沙菜と八城が微妙に保護者目線になっているのを横顔で聞きつつ、芹としてもさみしいような微笑ましいような、総じてもっと弄《いじ》ってやりたいような甘酸っぱさをお裾分けされたような気がして、自然と口元が緩む。

「あー。いいなあ、微笑ましいなあ、甘酸っぱいなあ……」

同じように口元を緩ませた沙菜が、大きく溜息《ためいき》とともに吐き出した。

「沙菜先輩だって、その気になりゃ……」

「ちがうの。二階くんと愛由花ちゃんは、ゴールデンウィークの予定が華やかでいいなあって思っただけです。私の場合は、そういうのと無縁というか……ちょと、めんどうくさいというか……責任重いというか」

いつもにこにこと人当たりのいい沙菜の、珍しいような不満顔に芹は小さく首を傾げた。

不安げな表情は何度も見たことがあるが、不満げというのは初めてな気がする。

「ゴールデンウィークの、予定？」

芹のカバンの中で、退屈し始めたのかがさごそと動き始めた気配を軽く撫《な》でて宥《なだ》めながら、そろそろこの場のお開きの気配というものが滲《にじ》み始めた気がして、椅子に掛けていた上着を手に取った。同じように感じたのだろう、沙菜も自身の上着を手に掬《すく》う。

「色々とお世話になっている叔父さんだから、頼まれたらしょうがないかなって思うんだけど……私、子供好きだし」

叔父さん？　子供？

沙菜の口から出る「叔父さん」の言葉に、芹が連想するのは昨年度に国語科の授業を担当してもらった守矢《もりや》准教授くらいなのだが。子供……はわからない。

芹と八城が自分の零《こぼ》した愚痴で、表情に「？」を浮かべていることに気付いたのだろう、沙菜が慌ててまだ残っていたミルクティを飲み干し、小さく手を振った。

「あ。ごめんね。変な愚痴言って。実は、ゴールデンウィーク、公《きみ》叔父さんの、死別した前のお嫁さんとの間にいる子供さんとの面会に、ついていくことになっちゃったの。本当は今の奥さんであるおばさんがご一緒する予定だったんだけど、お仕事の都合でどうしても無理になっちゃって」

「え。守矢先生、子供いたんっすか、つか、再婚だったんだ」

思わずといった様子で、八城が声を上げた。

「うん。生まれてすぐくらいに、奥さんが亡くなって……母方親族に引き取られたけれど、姻族関係終了してそれっきりほとんど顔も見てないんだって。で、このゴールデンウィークにものすごく久しぶりに顔合わせるんだけど、二人っきりじゃ、さすがに親子でも何を話せばいいのかわからないし」

言葉を選びながら、近い連休の予定を口にする沙菜へと、「なるほど」「赤んぼぶりの再会っすか」と八城が相槌《あいづち》を打つ。

「でね。プレゼント選んだり、子供の好きそうなものを相談したり、間を取り持つ形で私に緩衝材になってほしいって」

確かにそれはちょっと面倒かも。

そして、プレッシャー感じるのも、わかる。

さすがに芹も口には出せなかったが、あのぼうっとした准教授にも彼なりの過去があるのだなあと、当然のことに想《おも》いを馳《は》せた。

「重要な役目だね、がんばって」

「もー。他人事《ひとごと》だと思ってー」

細い肩へと手をかけて、芹なりに元気づけてみると、沙菜は軽やかにそれを笑いとばす。

「――……あれ？　沙菜ちゃん？」

じゃれ合うように笑いながらカフェのテーブルを立ち上がったところで、不意に少し枯れたような声が降ってきた。

ゆらりとテーブルに影が落ちる。

白髪と黒髪が等分に入り交じっているせいで灰色に見える髪にやや痩せぎすに傾いた推定四十代の男性だ。少し猫背に小脇に脱いだジャケットとカバンを抱え、カフェオレの缶を握っている。

噂《うわさ》をすれば影、とはよく言ったものだと、芹は先人たちの主張に感心した。

芹をはじめとするその場のテーブルの全員が、顔を知っている。

「あ。叔父さ……じゃなかった、えっと守矢先生」

芹が、前年度まで彼の授業を受けていた准教授だ。廃墟研究会とも縁深く、八城も黙って頭を下げている。

守矢公人《きみひと》というフルネームであると、芹は最近何かのプリントで確認した。授業は受けていたが、特に個人的な会話の機会もない――その程度の認識だった。とはいえ、最近高橋沙菜の義理の叔父であることを知り、芹としては多少の愛想を増し、礼儀を厚くすることにした。

沙菜のうっかりとした親しげな呼びかけを取り繕う様子に、守矢は周囲を軽く見まわしてから軽やかに笑う。

「うん。誰もこっち見てないからいいでしょ。僕、全部授業終わったしこれから帰るんだけど、沙菜ちゃん乗ってく？　八城は、自分の車があったよね、えっと」

指先でキィをくるりと回しながら、目尻に淡い皺《しわ》を刻む准教授は芹に何気なく視線を向ける。

「あ。わたしは、大丈夫です。八城くんが乗せてくれるそうなので」

「そ？」

短い言葉とわずかな首の傾きで、了解を示すと、守矢はそのままゆらゆらという擬態語が似合う歩調で、後ろも見ないで歩きだしている。

「あ。じゃあ、折角だし私、叔父さんの車に乗せてもらうね。八城くん、ありがとう。芹ちゃんも、またね」

上着を少し急いで羽織り、沙菜は「もー、叔父さんちょっと待って」と珍しくぼやくように言いながら、一度振り返って笑顔を芹と八城へ投げ、早足でその場を離れていく。

低いヒールの足音が早いリズムで遠ざかっていくのを、芹は何となく見送った。沙菜が守矢に追い付き、並んで話をしながら遠ざかっていく後ろ姿は仲がよさそうで、気安く付き合える親戚を少し羨ましくも思う。

「――……守矢先生に子供がいたのは知らなかったすわ。いや、全然いてもおかしくない年齢ですけど」

「そだね」

内弟子と歩き出しながら、特に持ち出す話題もなかったせいか、先ほど知ったばかりの小さなゴシップに何となく会話の焦点が当たる。

「人に歴史ありだね」

沙菜との会話を思い出しながら、何気なく芹は引っ掛かりを感じた言葉を思い出す。姻族関係終了というのは、守矢自身から相手家族との縁を断ち切る届をしなければ、成立しなかったはずだ。亡くなった配偶者との家族関係がよほどよくなかったのか――。

「……まあ、立ち入ったことだよね」

詮索は良くない。人には色々と事情ありだ。

心に戒めて、知人の家族関係よりも、北御門家の夕食に関して真剣に考えようと思考をそちらへとシフトすることにした。

2

北御門流陰陽道《おんみょうどう》を伝える本家である北御門家に、芹が形だけとはいえ嫁入りして半年が経《た》とうとしていた。

思えば、北御門家の環境も徐々に変化しつつあるように思える。

芹が嫁入りをしてから、伴侶である北御門家の主・北御門皇臥は、占術や相談だけでなく、除霊退魔の仕事にも消極的ではあるものの踏み出し始め、正式に内弟子を迎えた。さらに出奔していたという兄が、北御門家に保護されることになった——芹は、半ば軟禁ではないかと疑っているが。

「軟禁でないなら、そろそろ離れに呼んで、一緒にご飯食べてもいいんじゃないかって思うんだよね。鷹雄《たかお》さん」

「え。いやだが」

そうバッサリと切り捨てたのは、リビングで芹のスマホに夕木薙子が送って来た資料を紙にプリントしたものに目を通していた、北御門皇臥だった。

黒々とした切れ長の目に、少し長めの髪がかかるのが鬱陶しいらしく、前髪を芹に借りたピンで留めている。

そうまでするなら、前髪切ればいいのにと芹は思っていたのだが、依頼人と顔を合わせた時、微妙な表情の変化を顔の角度で隠せるというのが、彼にとって大きなメリットらしいと、最近何となく気づいた。

「ご飯がまずぅなりますえ」

皇臥の実母、北御門史緒佳《しおか》の言葉はさらに衣を着せていない。すでに歯が全裸だ。

鷹雄光弦《こうげん》というペンネーム——諱《いみな》を持つ、北御門家の次男、貴緒は家族に実に受けが悪い。家族だけではなく、共に生活する式神にもだ。一方的に彼の態度が悪いのが主な原因と思われるのだが、外様《とざま》の芹にはそこまで悪し様に言うほど悪い人でない気がするので、印象の乖離《かいり》が激しい。

「いちいち、ご飯のお膳を本邸の部屋にまで運ぶのも大変かなあって。鷹雄さんがいることで、どれくらいご飯まずくなるのか、わたしとしては一回くらい……」

リビングで資料を読んでいた皇臥と、キッチンで高野豆腐の戻り具合を確認していた史緒佳が、さすが親子というべきか、何とも言えない同じ表情を浮かべていたのを見て、芹は諦めた。

リビングでは床にボウルとザルを置いて、双子式神の護里《まもり》と祈里《いのり》が並んできぬさやの筋を取っている。時折失敗して、小さく声が漏れているのが可愛《かわい》くて、つい視線で追って笑みを浮かべてしまう。5歳か6歳ほどの幼女の姿ということもあり、そうしていると北御門家の十二天将・玄武《げんぶ》という、由緒ある強力な式神の一角だということを忘れてしまいそうだ。

「せりさま、おわりました」

護里と祈里が、ボウル一杯に筋を取ったきぬさやを得意げに掲げた。

「ごくろうさま。高野豆腐ときぬさやの卵とじ。期待していていいからね」

双子たちそれぞれの好物がふんだんに入ったおかずに、可愛らしい歓声が上がると自然と口元がにやつく。

あとは仕上げだけという頃合いになって、ふと芹のスマホがメールの着信を伝えてきた。濡《ぬ》れた手をエプロンで拭きつつ一応差出人と用件だけ確認すると、夕木薙子から一件「要確認」とタイトルがついて、本文にはスパム扱いされない程度の本文と、短い地方のネットニュースと思《おぼ》しきURLが張り付けられていた。

「皇臥」

ざっと目を走らせ、芹は資料に目を通して渋い顔をしていた皇臥へスマホごと手渡す。

「捜索隊が出たか……まあ、そうだよな8歳なんだ」

記事を一読してから、皇臥は更に眉間にしわを寄せた。

揺れてる顔だ。と芹は何となく察せる自分に、つい笑ってしまいそうになる。

「薙《なぎ》ちゃんの紹介の依頼。お子さんが、行方不明やて？」

あまり北御門の仕事には口を出すことのない史緒佳が、珍しく沈痛なトーンで依頼についてぽつりと零《こぼ》した。

「ん。8歳の男の子らしい。それを考えるとすぐにでも現地に行ったほうがいいと思う。ただ、彼が依頼人の主張する言い伝えにかかわっての行方不明がどうかは、まだ判別できない」

皇臥へと薙子からの資料を渡す際に、プリンターから吐き出される文字列を芹も何となく目で追っていた。

――依頼人は、新島厳美《いずみ》。43歳男性。4年前から、農家の手伝いをしつつ静養のために故郷である京都北部の過疎村・士野白村《しのしろむら》に帰郷。

士野白村には古くから神隠しの言い伝えがあり、実際過去何人も少年少女が行方不明となっているという。先日、依頼人とも交流のあった8歳の少年、長瀬《ながせ》一貴《かずき》が士野白村の廃校にて、ありえない状況で姿を消した。

廃校は現在、一部村で公民館のような形で使用されていたものの、近く敷地《しきち》ごと大規模に改修し、近県の小学校やサマースクールに使える野外活動施設へとリニューアルする予定だという。

資料として薙子が添付してきた画像は、現場である士野白村の地図、少年が行方不明になった廃校・士野白小中学校の佇《たたず》まい、そして歯の抜け替わりなのだろう、側切歯《そくせつし》がぽっかり欠けた口元を気にせずに大口を開けて笑っている、日に焼けた元気そうな少年の画像だった。膝小僧と肘に絆創膏《ばんそうこう》が見える、一日中外で遊んでいるタイプかもしれない。

「……見つかるといいけど」

つい、ぽろりと小さく言葉が漏れてしまった。

それを耳にしたのだろう、皇臥の眉間の皺がさらに深くなる。

「この行方不明事件が、心霊関係と直結するような事件かどうかわからんのだぞ」

「え？　むしろ皇臥にとっては都合いいのでは？」

ついうっかりと疑問を口にしてしまったが、皇臥はぽかんとした様子になってしまった。

「……そうなると単なる行方不明者の捜索手伝いのボランティア……いや、ぶっちゃけそのほうが気楽、いや気楽に行っていいものではないがしかし」

「――明日からのゴールデンウィーク、あゆちゃんは多分デートなんだよねえ。沙菜も叔父さんと用事があるっぽいし、夏織はどこかに遊びに行くって聞いてるけど十中八九イベントだし、キコさんはお家《うち》が厳しくてなかなか出かけられない人だし」

はぁあああ～～～と芹はこれ見よがしに、重く溜息《ためいき》を吐き出してみた。

不満げに口にしてはいるが、実はさして不満はない。

とくに出かける予定はなくても、史緒佳を追いかけて家庭菜園を手伝ったり、冷たくあしらわれたりするのも悪くない。話してくれるなら、手作りお菓子でも用意して史緒佳とその旦那様――北御門祷守《とうま》との話を聞かせてもらうのもありだ。

「せりさま、おでかけなしですか？」
「せりさま、つまんないですか？」

双子の式神たちが、芹を見上げて少しおろおろとしているのは、調子を合わせてくれているのか、それとも本気で心配されているのか。どちらにせよ可愛いこととこの上ないので、二人まとめて抱きしめることにした。

「でも、しかたがないのです。いのりちゃん、あるじさまはあれなのです。まえに、おしえてくれた」
「やっぱり、そうなのですね、まもりちゃん」

芹の溜息に双子が沈痛な表情で囁《ささや》き合っている。くるりと振り返り、護里と祈里は小さな人差し指を、びしりと同時に皇臥へと突き付けた。声が、重なる。

「かぞくさーびすもできない、かいしょなし」
「何を教えとるんだ、祈里――――ッ!!」

幼い式神たちに糾弾された北御門の主は、悲鳴のような声とともにソファから跳ね起きている。間違いなく原因の玄武を捕まえようとして、するりと蛇になってかわされ、逃げられている。

「……いや、まあ。護里ちゃん祈里ちゃん、お仕事の依頼を受けるか受けないかは、別に家族サービスに関係ないし。いい加減な気持ちで出向くのは、失礼だから。それは、わかってるから。ね？」

皇臥の仕事は決して安請け合い出来ないものとわかっているものの、ついつい北御門家の財政事情を考えると余計な口出しをしたくなってしまう。己の口と態度の軽さが、玄武の双子によくない影響を与えているかもしれないと思い至ると、反省せざるを得ない。

「いってきなはれ。佳希《よしき》」

くつくつと鍋が煮立つ音とともに、ふわりと濃いめの出汁《だし》の香りがリビングにも広がる。

「薙ちゃんが、自分で受けへんかったいうことは、ホンマに危ない状況なのかもしれへんのです。自分でできる仕事かできん仕事かを見極めるのも重要というのは、祷守さんもいうてはりました。……まあ、できんとはっきり言うことは大事でおすけどな」

平淡な声で、高野豆腐の最後の仕上げをしている史緒佳が、ひとつ、鍋を見たまま溜息を落とした。

「神隠し——子供さんが、危ないんですやろ。いざとなったら……祖霊舎の開放を、許可します」

こちらに背を向けたままの、史緒佳の言葉の後半が、声色に硬い響きを混ぜ込んでいるのが、芹にも理解できた。

その証拠に、皇臥も表情を強張《こわば》らせている。

――祖霊舎？

それはどういう意味なのかと問いかけようとして、芹は一瞬躊躇《ためら》った。祖霊舎が何かは知っている。北御門家の本家の一間にある、神道における仏教の仏壇のことだ。時折、史緒佳が一人で手を合わせているのも知っている。

史緒佳の言葉に、皇臥は首を横に振って資料をくるりと手の中で筒状に丸めた。

「……その必要はない、時間がかかるし。それよりよほど使えそうなものを今、本邸に押し込めてるからな」

「それが真面目に働くかどうかわかりまへんから、言うてますのや」

それ、の代名詞が示すのは誰かというのを、芹はおぼろげに悟っていたが、食卓も一緒にしないのに働かせるというのはひどくないだろうかと、ぼんやりと考えながら赤魚の煮つけを皿に盛りつけた。

「芹」

「ん？」

「薙姉さん経由でいいから、今回の依頼人だという新島さんに連絡を取ってくれ。行方不明に関して、役に立つかはお約束できませんが、お話と条件を聞かせていただきます、ってな」

吹っ切れた様子の皇臥へと力強く頷《うなず》き、芹はキッチンから離れて皇臥に渡していた自身のスマホを手に取った。

「わかった」

「依頼人である新島さんには、すぐにでも、お伺いすると伝えてくれ。スタッフは……今回は4人になる」

「わかった。4人ね……ってことは……やっぱり鷹雄さんも一緒に？」

つい先ほどの会話の流れを思い出して、芹は改めて確認する。

「そうだな。性格が悪くても、陰陽師《おんみょうじ》としての腕だけは確かだからな」

「皇臥の、その人に素直に頼れる部分って、わりと美徳だと思うよ、わたし。だから、その苦虫をまとめて咀嚼《そしゃく》してる最中みたいな、複雑そうな顔やめたら？　イケメンが台無しだよ」

「本物のイケメンは、どんな顔をしても様になってるはずのものだが、芹にそう言われるということは俺は中途半端なイケメンなわけだな」

やや芝居がかった仕草で肩を落としながら、それでも改めて顔を上げた時には淡く笑みが浮かんでいて、芹は何となく安心する。

義兄と契約旦那が仲が悪いというのは、彼を本邸に招いてからの短い間の接し方を見ただけでも十分に理解できた。

「とりあえず、嫌がられても無理矢理車に押し込む算段は付けよう。あとは真咲の筋力に期待する」

「弟子の物理に訴えさせるな」

冗談とはわかっているので、気軽につっこみながら、芹は皇臥から少しだけ距離をとって、スマホの通話をフリックした。呼び出し音が聞こえ始め、そちらに集中する直前、皇臥が小さく呟《つぶや》く言葉が耳に引っ掛かる。

「……もう少し、鍛えるか。気は進まんが母さんに祖霊舎を開けさせるよりはましだ」

何を？

そう芹の心に一瞬湧いた疑問は、すぐに応対してくれた夕木薙子の明るい声に紛れた。

第二章　時に佇む

1

一度、曲がりなりにも北御門《きたみかど》家の当主である皇臥《こうが》が腹を括《くく》れば、一家の行動は早かった。

玄武《げんぶ》の式神たちは、身を守るにも霊的脅威と対峙《たいじ》するにも最適なため、芹《せり》とともに同行するのがごく自然な流れになっている。

夕木薙子《ゆうきなぎこ》を介して皇臥が、改めて新島《にいじま》という依頼人と色々と話をしていたようだ。そのたびに、電話を握った皇臥の表情が暗く硬くなっていくように見えて、いつものことながら芹としては心配になる。

今回も遠出のため、車に積む荷物に漏れはないかと確認しつつ、芹も本邸の廊下を忙《せわ》しなく行き来していた。

「皇臥、準備終わってる？」

「ああ。俺は、多分これを積み込めば終わりだ」

大きな曲げわっぱの器のような木の箱を抱えた皇臥に声をかけると、すれ違いざまに返事が返ってきた。

見慣れない箱を、自然と視線で追うとその箱に古い和紙のラベルが貼り付けられているのに気が付いた。「白虎《びゃっこ》」と流麗な文字で記されたそれは、重くはなさそうだが少しかさばるようだ。芹を避ける際に襖《ふすま》にひっかけそうになって、慌てたように抱え直している。

「運ぶの手伝おうか？」

「いや大丈夫だ。あと一つ面倒な荷物の積み込みに比べれば、全然軽い」

芹の申し出に少し遠い眼《め》をした皇臥が歩いていくのを、小さく手を振って見送り、改めて忘れ物がないかと確認に戻る。

大陰《たいいん》の銘を持つ十二天将・律《りつ》がしっかりと管理と手入れをしてくれているおかげで、あまり芹が確認しに来なくとも、北御門家本邸の廊下はピカピカだ。

ふと、北御門家の元茶の間を横切ったとき、細くあいた襖から奥の広間に影を見た気がして、芹は思わず足を止めた。

少し気遣うように。足音を立てないようにできるだけ静かに、芹は襖の向こうを窺《うかが》う。

芹とて、この向こうに何があるのかは知っている。

仮とはいえ、嫁いだ身なのだから時折手を合わせることもさせてもらっている。

――祖霊舎。

神道における、故人をまつる仏壇である。

芹の記憶では、黒々とした塗りや、黒檀《こくたん》の箱に金色の箔《はく》というのが見慣れた形の仏壇ではあるが、北御門家の祖霊舎は白木でできている。

時代を重ねているからだろう、ややべっ甲色に近い色合いで、綺麗《きれい》に磨かれていた。

その正面に、いつもよりも少し小さく見える背中が、正座している。

後ろからでは見えないが、俯《うつむ》き加減なのは手を合わせているからだろう。

「……お義母《かあ》さん」

そっと、声をかけると、その背中がびくっと跳ね上がったように見えた。

「ああ……芹さんですか」

少し、呆《ほう》けたような声音で、史緒佳《しおか》が肩越しに振り返る。

「もしかして、今日、どなたかの月命日とかでしたっけ？　1日と、15日に色々とお供えを準備したり掃除したりは覚えてたんですけど……」

「いえ、そういうわけやないんでおすけどな。今回は、ちぃちゃい、お子さんが絡んではるから……つい」

そう言いながら、史緒佳は再び祖霊舎を見上げた。白木造りの祖霊舎は、奥に扉が設《しつら》えられており、その前に鏡が飾られている。両脇に青々とした真榊が置かれ、三宝に徳利《とっくり》と水玉が置かれていた。そして、白い小さな皿に米、塩が盛られているのが見える。

「親御さんが、心痛めておいでやろと思うたら……気ぃ付いたら、あの人にお願いしてましたわ」

史緒佳の誰にともなく呟いているように聞こえる声に耳を傾けながら、芹も膝をついて手を合わせた。神社の参拝と同じ、二度お辞儀をしたあとで二度拍手、その後一度お辞儀をする「二拝・二拍手・一拝」を行ってから、そっと横目で史緒佳を窺う。いつもよりも、少し元気がないように見えて胸が痛くなる。激昂《げっこう》でもいい、照れ隠しでも誤魔化しでもいいから、いつもの力強い反応が見たかった。

「そういえば、お義母さん。お義父《とう》さんって、どんな方だったんですか？　優秀な陰陽師ってことくらいしか、わたしは聞いてないですけど……」

「――……花のような、お人でした」

史緒佳の返答は、芹の期待した打てば響くような返しではなかった。いつもなら、「教えたげまへんっ」と、意地っ張りなような、照れたような言葉が返ってくるのに。

今日は、数拍置いて考えこみ、懐かしむような噛《か》み締《し》めるような柔らかい呟きで、それでいて意外な言葉に芹のほうがちょっと固まる。

「花、ですか」

「そう。お義父さん……いえ、佳希《よしき》のおじいちゃんのことは聞いてますやろか。その人にそっくりな、花のような綺麗なお顔に……花のように儚《はかな》い病弱なお人でした」

ちらりと、むしろ史緒佳のほうが芹の反応を窺うように、向けた視線が互いに交差した。

「皇臥のおじいちゃんが、甲斐性《かいしょう》あり過ぎのろくでもない人って話は、ちょこっと聞いたことあります」

「さよでしたな。お義父さんとように似て、綺麗なお顔立ちでしたえ。……祷守《とうま》さんが陰陽師として優秀なんは、身体《からだ》が弱ぅて、もともと長生きの出来ん……此岸《しがん》と彼岸を行き来しやすい心身の人やったから……というのもあるんやないかて、いわれてましたわ」

今まで、聞いたことのない史緒佳の思い出話に、芹は黙って聞き入る。

その表情に気付いた史緒佳が、ハッと息を呑《の》んで空気を換えるように、咳《せき》ばらいをした。

「ま、まあ。それを思たら、祷守さんに似んと、健康そのものな佳希が、優秀な陰陽師になれへんのは当たり前ですわな！」

からからと冗談めかして息子の不出来を笑い飛ばそうとした史緒佳に、芹は小さく首を傾《かし》げた。

皇臥は本人が自覚しているように顔立ちは端整だが、お世辞にも花のような、という形容はつかない。綺麗に磨かれた石とか、伸びやかな大樹とか。そういう系統ではないだろうか。その兄である、鷹雄光弦《たかおこうげん》もだ。――ということは、もしかして。

芹の思考の流れを、その表情から読み取ったのだろう、史緒佳が珍しく少しだけ淋《さみ》しそうに笑った。

膝をにじらせるようにして、祖霊舎の横に立てかけてあった表紙の色が褪《あ》せ始めたアルバムを一冊手に取る。

それを膝に置き、少し考えるようにしてページを選び、大きく開いて芹へと示した。

「ほら、これが祷守さんでおす」

史緒佳の指が示した写真には、すんなりと背の高い、しかしどこか愁いを帯びた陰のある男性が写っていた。背景は、どこかの学校のようだ。

和装ではなく、チノパンにジャケットというカジュアルな格好でも、眼を惹《ひ》かれる作り物めいた繊細な姿はこの世のものではないように見えて、確かに花のように思えた。こういうのを、幽玄の美というのだろうか。

が。芹としては注目したいのは、その横だ。隣だ。

「隣の人！　お義母さん!?　かわー！　めっちゃかわいい！　若い！」

「そっちやのうてー！」

その隣にまだ少しぎこちない距離感で佇《たたず》む清楚《せいそ》な制服姿の少女が、見たことのある雰囲気を醸し出している。現在はアルバムを慌てて頭上に差し上げて、真っ赤になり牙をむいており、数段活《い》き活きとしていたが。

「やだー！　まだ見るー！　護里《まもり》ちゃんー！」

「テンコー助けなはれ！」

「奥様方」

危うく式神バトルになりそうなところだったが、気が付けば真後ろに忍び寄っていた老婆姿の式神に、重々しく諌《いさ》められるように呼びかけられ、嫁姑《しゅうとめ》揃《そろ》って動きが止まってしまう。両主人に呼びかけられた銀色の髪にゴスロリ姿の天后《てんこう》・テンコと護里は、お互いに手を取り合って「ケンカしません」と仲良しアピールをしている。

「――……本邸では、揉《も》め事《ごと》禁止。よろしいですね？」

「はい」

北御門家の女主人二人が、小さな老婆に叱責されて正座のまま神妙に頷《うなず》くしかなかった。

史緒佳は、アルバムを抱くように、がっちりとガードしたままだ。

それでも、耳を澄ませて本邸全体を管理する大陰《たいいん》の律が姿を消したことを確認し、史緒佳は再びアルバムの中を芹に見せないように気遣いながら、選んだページを差し出した。

「これが……史朗《しろう》。長男ですわ」

哀《かな》しげに、苦しげに。それでも愛おしげに、史緒佳は芹へと囁《ささや》いた。声を潜めたのは、律を慮《おもんぱか》ったからだろう。

「ごっつ！」

示されるままに写真を覗《のぞ》きこんで、思わず芹は遠慮のない声を上げてしまった。

その一声に、史緒佳がこらえきれないとばかりに爆笑してしまった。

「ごっついですやろ！　うちの子ら、ほんまにびっくりするほど、誰一人祷守さん似が生まれませんでしたの！」

写真の中では、がっちりとした筋肉質の青年が笑っていた。縦にも横にも幅があり、短く髪を刈り、屈託ない笑顔はそれでも少し、皇臥の面影がある。皇臥も鷹雄光弦も、花のように綺麗な父親に似ていないとすれば、もしかすると長男が――と短絡的に想像したのだが、見事に裏切られた。

「うちの子らや、武人《たけひと》さんは……どっちかというと、お義母さん。お祖母《ばあ》ちゃん系列似なんですわ。しっかりした骨太で、恵体、頑丈」

史緒佳の言葉に感心しながら写真を見ていた芹が、「あ」と小さく無自覚に声を漏らした。がっつりとした、長身で筋肉質。やや強面《こわもて》といえなくもないが、表情は気のよさそうな青年で――。

「ちょっと、真咲《まさき》くんに似てますやろ、雰囲気が」

「……おみそれしました、お義母さん」

連続で表情を読まれて、芹は素直にシャッポを脱いだ。まさしく脱帽だ。

「わたし、武人叔父さんに顔合わせた時、どっちかっていうと武人叔父さんと八城《やしろ》くんのほうが親戚っぽいって思いました」

「……せやね。そやし、武人さんは真咲くんを式神と間違えましたんよ。佳希が、大好きな長男に似た十二天将をサポートにつかせて、心のよりどころにしたんとちゃうかて」

ああ、なるほど。

顔立ちが似ているわけではない、けれど写真の中の姿と内弟子には、雰囲気に共通するものがある。

「……優しそうな人ですね」

「ええ子でおした。――……実は、うちはね。夫《あのひと》似やなかったのを、ちょっとだけ残念に思ってましたんやけど――」

史緒佳が、また少し声を潜めた。聞き漏らさないように、芹は少し膝を崩して、身を寄せると肩同士が触れ合う。何となく、内緒話の距離感。今までになかった近さを感じて、芹は我知らず緊張してしまった。

そんな芹の淡い緊張など気づかぬよう、史緒佳はまたアルバムを半分閉じて、ページを選び、芹へと開いて見せる。

史緒佳いわく、花のような線の細い美青年が、満面の笑みで幸せそうにランドセルを背負った少年を抱えている写真だ。見慣れた北御門家の門前である。先ほど見せてもらった、若い史緒佳の隣で微笑《ほほえ》む儚げな姿とは、雰囲気を一変している。

「あの人、自分の身体の弱さをずぅーっと気にしてましてな。ちぃちゃいころから何度も、何度も、死にかけたて――それが原因で、うちとの結婚にもなかなか踏み切れんで。でも、まあ……その。史朗が生まれて――史朗がもう、ほんま。親不孝か！　いうくらいにおおきい赤さんでしてな。生まれた時、４２００グラム！　正直、双子やないかて、疑いましたわ」

「それは……大きいですね。確か、出生体重の平均って、３０００グラム前後くらいでしたっけ？」

珍しく、声を弾ませて語ってくれる史緒佳の話が嬉《うれ》しくて、芹も慎重に相槌《あいづち》を打つ。

史緒佳も、目を和ませて思い出すように、自身の腕を何かを抱えるように柔らかく丸める。赤子を抱く姿勢なのだと、その仕草になぜか芹の胸がぎゅっと苦しくなった。

「――ほんまに、重ぅて。……すごい、重たぁて……祷守さん、初めて史朗を抱いて、声を上げて泣き出しましたんよ」

「……え」

「『大きいなあ、強いなあ。声が大きくて……重くて。可愛《かわい》くて。こんなに、弱いのに、重たい命に……出逢《であ》ったことはない』って」

「赤ちゃん、ですもんね」

「そう。赤さんやし、当然やのに。『こんな、重くて弱い命を置いていけない。力尽きられない……！　この子が自分の脚で、自分の人生を歩けるようになるまで……！』っても う、産院の病室で大泣きですわ。正直、感動とドン引きが半々でしたえ。ちょっと待ち。うちのことは置いていってええつもりやったのって」

「すいません、迂闊《うかつ》なことは言いたくないですけど……お義母《かあ》さんのことはもちろん大事で、そのうえで新しい命の誕生と責任で、自覚が強くなった、ってことにしません？」

おずおずと手を上げて、史緒佳の気を逆立てないように、想像するしかない義父の言葉を代弁してみた。

「まあ、そんなところですやろなぁ。父親の自覚と覚悟て、すごいもんですわ」

陳腐な芹のとりなしなど史緒佳には必要なかったらしい。芹もホッと胸をなでおろした。

「――……ちゃんと、言葉通りに。息子三人の成人見届けて、逝きはりましたわ」

柔らかく、穏やかに、芹には見分けきれない様々な感情を乗せた声音で、アルバムに目を落とした史緒佳は密《ひそ》やかに呟《つぶや》いた。

北御門家二十六代目当主と、その伴侶の物語──二十八代目の傍らに立つ自分は、仮初の立場だ。

今まで、それを忘れたことはないけれど、よく考えたこともなかった。

いつか、二十八代目当主、北御門皇臥の傍らに然《しか》るべき人が寄り添い立つ日が来るのだろうか。

何故《なぜ》か、今更ながらその事実がチクリと胸を刺す。

連綿と続く、二十八代目の先──二十九代、三十代目と北御門家の系譜を繋《つな》げる義務と責任が、皇臥にはあるのだ。

出会って、最初に言われた言葉だ。

──あと腐れのない契約関係として、相互利益が生じる相手とビジネスライクな一時的婚姻関係を結んでおいたほうがいい──

そう。

あと腐れなく。契約。ビジネスライク。一時的。

心の中心に、じんわりとほの昏《ぐら》い靄《もや》が生じそうな感覚を振り切りかけて、芹はあえてその単語群をしっかりと噛《か》み締《し》める。かすかに、砂吐きが甘かったアサリを噛み締めた時のような不快感が、心に過った気がした。

その得体のしれない、というよりも直視したくないモヤつきを誤魔化すように、そろりと史緒佳の抱えるアルバムに手を伸ばそうとして、ぴしゃりと軽く甲を叩《たた》かれ、すごすごと引き下がる。そんなささやかな茶番が、少し気持ちを軽くしてくれるような気がした。

「そういうたら、芹さん。もう準備はええの？　もう出ますのやろ？」

「はい。忘れ物とか積み残しがないかチェックしていただけなので、わたしはいつでも出られます。あ、でも今回お化粧なしでスーツも着てないのは……」

「わかってます。山里ですし、色んな人らが協力して行方不明のお子さんを捜してる最中にお邪魔しますのやろ。向こうさんの状況は聞いてますのやから、むしろキッチリした格好は失礼な場合もあります。すぐに、お手伝いできる気構えくらいの、動きやすい格好で行きなはれ。ジャージと安全靴とか」

そこまでいくとやりすぎな気がするのだが。

とはいえ史緒佳の理解は得ることができたので、一安心だ。

準備の最終確認に戻るため、腰を浮かせかけたところに、ふと遠くから剣呑《けんのん》な言い合いの声が耳に届く。

声の響きから察するに、本邸の正面玄関あたりだろうか。言い合いをする関係の住人など、今この場に芹と史緒佳がいる以上、あと一組しか思いつかない。窺《うかが》うように、芹は史緒佳の表情を横目に確認すると、やはり渋い顔をしていた。

何となくお互いに視線を交わし合い、以心伝心したかのように、一緒に立ち上がり声のほうへと歩き出した。

一歩近づくたびに、声の元も近づいてくる。

「——……元気でおすこと」

呆《あき》れたような呟きが、史緒佳から洩《も》れている。

「だーかーらー！　静養の際の宿泊代と食費として、働け！　得意分野だろう！」

「断る。締め切りが近い」

「体調完全復活したら、これ見よがしに引きこもりになりやがって」

「知らんのか。ネットの海は広大だ。心は決して引きこもってはいない」

「典型的ダメ人間の主張じゃねえか！」

元気に言い合いをしている兄弟に、史緒佳と芹が同じ虚無の表情になった。

皇臥が言っていた「積み込みが面倒な荷物」だ。

「律。北御門本邸での揉《も》め事《ごと》は禁止とちゃいましたの？」

「あれは揉め事ではありませんよ、大奥様。単なる説得でございましょう。破戒男を少しは北御門の役に立てようという、旦那さまの計らいにて……ま、揉め事になれば、十二天将をけしかけるようなことにならないかぎり、旦那さまがほぼ一方的に精神的にボコされて終わりです」

虚空に呟いた史緒佳の言葉に応じるように、気付けば背後に忍び寄っていた大陰の律が、ぼそりと呟いて再び足音なく去っていく。

現在、北御門本邸の一角に軟禁同然に囲っている次男は、自身のノートパソコンを取り戻してから割と引きこもりがちだという。玄関に通じる廊下へと到着すると、一応外出着のスーツを身に着けた皇臥が、まだ作務衣《さむえ》を着たままの小説家の襟首を引っ張っていた。引っ張られている北御門貴緒《たかお》は、胸にノートパソコンを抱えたまま、微妙になすがままの状態だが、大人しく弟の言うことを聞く気はなさそうでもある。

その様子に、芹は先ほどアルバムを堅くホールドしていた史緒佳を重ねてしまい、ひねくれものの次男は祖母よりも史緒佳似ではないだろうかとの疑いをこっそりと強めたりもする。

「大体、上からの命令口調のみで、俺が簡単にお前の都合よく動くと思ってるのか。まずはその口調から改めたらどうだ」

「ぼく、たかおおにーちゃんの、つよいところみたぁーい」

興味なさそうにフンと鼻を鳴らした貴緒に向けて応じるように、口許《くちもと》を歪《ゆが》めた皇臥が半笑いで宣《のたま》った。

言葉こそ、下手に出ているというよりも甘えたものだが、芹にさえはっきりとわかる、そこには一片も感情が乗っていない。しかも子供口調でありながら、おそらく彼が出せる最低音ボイスで、ゆっくりゆっくりと嚙み締めるように意識して渋く発音していくのだ。

傲岸不遜な天才陰陽師《おんみょうじ》が、初めてものすごく嫌な表情を浮かべたのを芹は見た。

「……ふ、ふふ……ぼくのおにいちゃんがさいきょうなんだぁ、かっこいいところ、みたくてみたくてしょうがないなぁー。おねがぁーい」

さらに続けてイイ声で続けている。

「――……修行したのか、お前」

「お前がこういう方面で、俺に精神的苦痛を与えてくるのはすでに読んでいる、同じ轍《わだち》は踏まん。もっと言うぞ、お前も気持ち悪かろう。おにぃちゃーん……ぼくのじまんのおにいちゃーん。だぁーいすきぃー」

「努力の方向が間違っとる……プライドはどうした」

「俺は、俺の武器と立場を存分に使うだけだ！　一か月前なら邪魔になっていただろう、その枷《プライド》を外したのは貴様だ！　ざまあ！」

「もう！　いいかげんにしなさいよ！」

言葉の諸刃《もろは》の剣で殴り合っているようにしか見えない兄弟に、思わず芹が割って入るように声を上げた。

芹や史緒佳の気配には気づいていただろうに、玄関先で阿呆《あほ》な言い合いをしていた兄弟は、びくっと思ったよりも大きく反応する。ぱちくり、と皇臥も貴緒も、芹を見て目を見開き、ややあって互いに顔を見合わせ瞬きをしている。

「皇臥、そろそろ出ないといけないんでしょ。バカなことやってると、どんどん現地到着が遅くなるじゃないの。鷹雄さんも、弟の戯言《たわごと》にムキになるのやめてください、大人気ないですよ」

反論できないように、早口気味に言葉を浴びせると、皇臥が取り繕うように玄関先に置いていた荷物と上着を抱え込もうとした。

「荷物は、八城くんの車に積ませてもらうことになってるんだから、早く積んであげないと、動かせないでしょ。八城くん、もう車動かせるようにして待っててくれてるんだから。

うちの軽に載せる荷物と、ちゃんと分けてある？　あと、離れのお弁当をいれたクーラーボックスと水筒、重いから運んでくれるようにお願いしたけど、運んでくれた？」

これ以上兄弟で顔を突き合わさせているとこじれたいがみ合いにしか発展しない気がして、芹は皇臥とその兄を物理的に距離をとらせることにした。

皇臥の動きを急《せ》かすように、芹は「はよ」と言葉代わりに、ついと人差し指で強めに彼のスーツの胸元を押す。

午前の明るい陽射しが差し込む玄関先で、ふと、夢から覚めたように皇臥がぎこちなく頷《うなず》く。

「あー……ああ。そうだな。弁当はもう積んである。何か、他に運んでおくものはないか？」

「じゃあ、バスプールからうちの車出してくれる？　ゴールデンウィークだから、駐車場、こみこみになってる可能性大きいし、渋滞しないうちに出たいもの」

「わかった」

何やら、毒気を抜かれたような表情だったが、言葉を発しているうちに皇臥もいつもの調子に戻ったらしい。芹へと笑いかけていつものトンビコートを羽織り、門へと出ていく。

腕木門の屋根で白い虎も、こちらを見守っているようだった。

皇臥が姿を消すのを見送ってから、芹は振り返り、皇臥を押した指をそのまま突き付けるようにして、鷹雄を軽く睨《にら》みつけた。

「鷹雄さん。あんまり、皇臥をいじめないであげてください。お兄ちゃんでしょ」

「兄という存在にどんな夢を持っているのか知らんが、あれがムキになるのは面白い。俺にとっては手ごろな娯楽だ、時折さっきのように斜め下のアホをしでかす」

悪びれもしない次男に軽く脱力を覚えたが、声音に毒はないように思えた。

「夢は見てますよ。わたし、可愛《かわい》い妹も欲しかったですけど、それと同じくらいカッコいいお兄さん、欲しかったですもん。ね、お義兄《にい》さん」

「ぼんくらクソ当主の真似《まね》をするな」

さっくり一刀両断の言葉だったが、目の前の刃のような鋭さをたたえた顔立ちが、どことなく苦々しそうに唇を歪める。軽い溜息《ためいき》をついて、貴緒は自身に与えられた西の部屋方面へと、歩き出した。

皇臥に倣っての説得はやはり失敗だろうかと、見慣れた仮旦那よりはやや細く見える背中を見送っていたが、その背中がこちらを見もせずに、抱えていたノートパソコンを片手で掲げて示す。

「商売道具を、専用のバッグにも容《い》れずに持ち出せん」

あ。

そうかー。持ち出してくれるんだー。

露骨にそう言葉にすると、踏まなくていい尾を踏みそうな気がするので、なにも言わずに背中に一礼するだけにとどめた。

頭を下げる一瞬、作務衣の背中の右斜め後ろに陽炎のような揺らぎが生じ、タキシード姿の老紳士が振り返り、芹へと柔らかく微笑んでくれた。

八城の契約式神だが、現在北御門貴緒の見張り役となっている十二天将の伊周だ。

指が、ＯＫのカタチを作っている。

どうやら説得はうまくいったらしい。

「お義母《かあ》さん。鷹雄さんが準備終わったら、八城くんの車に乗ってくださいって伝えてくださいね」

「——……え。わ、わかりました」

一緒にいた史緒佳も、少し呆気《あっけ》にとられたような表情になっていた。

何か変なことを言っただろうかと芹は首をかしげるも、門のほうから軽くパパーッとクラクションの音が響いて、すぐにそちらに気が逸《そ》れる。

八城が「いつでもいける」と準備ができた合図だろう。

「じゃあ、いってきます。お義母さん」

靴を履いて振り向くと、芹は史緒佳に笑いかけた。

少し困ったような表情で、それでも史緒佳は「いってらっしゃい。あんじょう、おきばりやす」と口唇《くちびる》を緩めて手を振ってくれた。そのことに満足して、芹は春の陽射しの中を、軽い歩調で駆け出していた。

「——……空いた穴は、思いがけない形で、埋まるものでございますね大奥様」

腕木門の脇の通用口を潜《くぐ》り抜《ぬ》けていく後ろ姿を見送っていた史緒佳へと、密《ひそ》やかな声が届く。

振り向かずとも誰か知れる、付き合いの長い声だ。

「律」

本邸を仕切る、神出鬼没の十二天将はまたいつのまにかひっそりと史緒佳の傍らに立っている。小さな、和装の老女も柔らかな笑みを浮かべて北御門の正門を見遣《みや》っていた。

「……佳希も、貴緒も、びっくりした顔してましたわ。人のこと、言えへんけど」

「破門男と旦那さまが、ああして大人気なく言い合いをするたびに……いつも『いいかげんにしなさい』と先代さまが、割って入られていました。むしろあの頃は、先代さまが止めてくれるとわかっているからこそ、遠慮なく喧嘩《けんか》なさっていたようにも見えましたが」

二十七代目当主――5年前に夭逝《ようせい》した北御門史朗。

出来の良かった長男は、色々な意味で家族を繋《つな》いでいてくれた――と、史緒佳はぼんやりと思い出す。

「――……無神経でしたでしょうか？」

少し心配げに、律が史緒佳を見上げた。

律は、史緒佳が北御門家に嫁ぐ前から、この家を守り続けていた式神の一人だ。

「いいえぇ。律をそないに思うたことは、いっぺんも、あらしまへんよ。むしろ、律には嫌われてますやろかとは思たことありますけど」

「わたくしが、大奥様に一度も、もう一つの姿をお見せしたことがないからで？」

「別に、今更見せぇ、言うつもりはありまへんえ。好奇心旺盛な娘時代とは違いますし。

――……けど。律までそう思うんでしたら、このままいつまでも、甘えてるわけにはいきまへんなぁ」

少し寂しげに、困ったように、苦々しげに。史緒佳は元気に芹が姿を消した通用口を見つめる。

芹についていったのだろう、門の上の白い虎はいつしか姿を消していた。

「……埋まり切った穴が、また空いてしまうんは……しんどいもんですから」

2

北御門家愛用の軽自動車と内弟子の八城の所有するミニバンに分かれて、一行は士野白《しのしろ》村《むら》と呼ばれる北部の山村へと向かう。

観光地の多い街中は、どうにも身動きがとり辛《づら》かったが、京都市外に出れば車の流れはスムーズだ。少しずつ、少しずつ街並みが柔らかく、緑を交えつつ家々の間隔が広くなり、一軒一軒に余裕があるように見え始めるのは、思い込みだろうか。

「イヤイヤ言ってた割りには、素直に車に乗ってたなアイツ」

仏頂面でハンドルを握る皇臥が、後ろにつく形で走行している深紫のミニバンを一瞬だけ振り返る。

そちらには、運転手の八城とともに、貴緒が同乗しているはずだ。どんな話をしているのか、もしかしてずっと沈黙だろうかと少し気にならないでもない。

「もともと士野白村には、奇妙な言い伝えがあるらしい」

「うん。薙子さんの資料にもあったよね」

「かつては子供の神隠しが比較的頻繁に起きていたというが、それでもさすがに平成以降は話に聞くだけになっていて、子供を脅かす昔話のようなものだったらしい。まだ子供が多かったころには、普通に山だの川だので事故に遭ったり迷子になったりしていたそうで、それと混同するような話も多かったようだ」

「うん」

そこまでは、芹も薙子の資料から読み取っている。

護里と祈里《いのり》は芹の膝でのんびりと寛《くつろ》いでいるようで、緊張の気配はない。爬虫類《はちゅうるい》なのに日向《ひなた》でとろける猫のような小さな式神たちを、時折指でからかうように擽《くすぐ》ったりしつつ、芹も皇臥の話に耳を傾けた。

春の車中は十分に空気が温まっていて、後部座席には珠《たま》が珍しく人形のまま、やはり同じく少年姿の錦《にしき》ともたれ合ってうとうととしている。一方的に、錦の頭に珠が頭を乗せているように見えなくもないが。

「士野白には、石垣が確認できる程度の城跡がある。16世紀中ごろの戦国時代に、他の国衆と同様に幾多の戦乱に参戦し、落城したという。その際の城主が幼い子供でな、周囲の忠臣たちに守られていたが、あえなく焼け落ちた城と運命をともにした——というのが、残っている記録らしい」

「その話が、士野白村の言い伝えや神隠しとどうつながるの？」

「士野白の幼い城主は、周囲が大人ばかりだったせいで、滅多に外に出されることなく、友人もいなかったらしい。で、その後小さな子供に誘われて、子供が消えるという事件が頻発したらしいんだ」

「あー。それで、死んでしまった小さな城主が、友達が欲しくて村の子供を誘ってるって言われてると。ちょっと、葦追《よしおい》を思い出す話だね」

納得したように芹がシートに持たれながら頷く。

葦追と呼ばれる廃村に残っていた、うらみ髪と呼ばれた怪異は、己の子供の遊び相手を連れていこうとしていた。

「気が合うかわからない友人を親が勝手に連れてきても、子供にとってためにならないと思うんだがなあ」

「土野白村の子供城主は、少なくとも自分で選んで連れていくなら、気が合ってるのかもしれないよ？　だからって、親御さんの許可をとらずにつれていくのは感心しない」

ロードマップを広げながら、芹は道順を指でなぞる。大き目の道をたどってきたが、そろそろ地図で省略されている道に入らなければならないはずだ。

すでに周囲は疎《まば》らな住居の狭間《はざま》をキッチリと区画分けされたような田畑が埋める長閑《のどか》な光景が広がっている。力強い緑の押し迫るような道は、天気がいいこともあって、ちょっとしたドライブ気分にもなりそうだ。

気が付けば、人の姿は滅多に見えなくなりつつあった。

山間へと入る道は、やがて錆《さ》びたガードレールでさえ省略されるようになる。アスファルトで固められていない少し斜めになっているようにも思える土の道を、片側に山林の斜面、もう片方に谷を見ながら車を進ませる。

一度だけ向かい側からやってきた軽トラとすれ違っただけで、ほとんど道に車の行き来が見られなかった。

葦追の時にはもともと廃村だと聞いていたのだが、今回はまだ人の住まう集落だということを考えると、妙に不安にもなる。

「この先に、トンネルがあるらしい。それを抜けた先だそうだ」

先に、依頼人に道のりに関しての注意をもらっていた皇臥が、地図の道が途切れていることに眉間にしわを寄せていた芹へと声をかけた。

「あー。トンネルだから、途切れてるように見えるんだ。ちゃんと細かく書いてくれればいいのにね」

「昔は、人が通るというよりも荷物用のトロッコを通してたルートだそうだ。本来は裏道という感覚だったんだろうな」

「へー」

改めて近隣のマップを確認すると、山をいくつか迂回《うかい》するように遠回りに曲がりくねった道が他の集落に通じ、広い道へと合流している。

薄暗い、車一台が辛《かろ》うじて通れる程度の小さなトンネルへと、軽自動車とそれに続くミニバンが滑り込んでいく。

入った途端、芹はひやりと肌寒さを覚えた。

陽射《ひざ》しが入ってこないから当然なのだが、車の走行音も籠もって嫌に耳につく。車の中だけが世界になってしまったような閉塞感は、すぐにトンネル出口の陽射しに掻《か》き消される。

気付けば、人形の珠の頭置き場にされていた朱雀《すざく》の錦が目を覚まして、車窓を見ていた。

家族旅行が退屈で不貞腐《ふてくさ》れた少年のような風情は、しかし何を見ているのかわからない。

ただ、微妙に眉間に皺《しわ》が寄っているようだ。

「……変な感じだ」

ぼそりと、錦がつぶやいた。

「どんな風に？」

「よくわかんね」

皇臥の気安い問いかけに、少年は少し困ったように首を傾《かし》げている。

「ま、そうだろうな。お前はまだ三年目だし、俺が仕事から逃げ回っていたせいで経験自体が少ない。自分の感覚で感じたものが、何故《なぜ》なのか、どういう状況なのかという学習がまだ欠けてる」

錦は、現在一番若い十二天将である。少し前までは修行場に預けられていたというのは、そういった学習をするためだったのだろうと、今更ながら芹は納得した。

そして釣られるように、車窓へと視線を移して——一瞬、心臓が跳ねるような心地を味わう。

道から外れた木々の合間。深い緑に陽光が遮られ、陰影が濃く落ちる中に、灰色の石碑がいくつも垣間《かいま》見《み》えた。

墓石か、と微妙な身構えを感じるも、そうではないらしいとすぐに緊張は解ける。

ほとんどが道祖神や石塔のようだ。石仏、地蔵も交じっている。

長方形に先のとがった兜巾《ときん》型や、丸く磨かれた櫛《くし》型の石碑はもしかしたら墓なのかもしれないが、車のスピードで過ると、何かは芹に判断がつかなかった。

そういえばお墓の前を通る時や、霊柩車《れいきゅうしゃ》を見た時には……という小学生の時に聞いた俗説を思い出す。無意識に、きゅっと親指を握りこんだ。自然と猫の手のようになった自分の手を何となく見つめて、少しくすぐったくなって、小さく笑ってしまう。

「芹？」

「ん。あのね」

不意の芹の様子を不思議に思ったのだろう、やや狭い道に慎重なハンドル操作を求められていた皇臥が、疑問を混ぜた声音で呼びかけてくる。

「おっと」

芹が応えようとした時、前方に紺色の帽子と作業服を着た男性二人が、ジャージ姿の老人と地図を広げて話し合っている。無線で何か連絡を取り合っているような仕草が車内からでもわかる。青と黄の作業服の背中には「京都府警察」と刻印されていた。

「……まったく悪いことをしているつもりも後ろめたさもないが、警察を見るというだけで微妙に緊張するのは何でだろうな。陰陽師《おんみょうじ》という職の社会的信用度の低さゆえか」

「信用度云々《うんぬん》は別にして、ちょっとわかる」

息苦しさでも感じたか、襟元を緩める皇臥のため息交じりのボヤキに、芹も覚えのある感覚なのでついつい笑いながら頷《うなず》いてしまった。その緊張感のない空気に、不審そうにこちらを見遣《みや》ってくる男性陣へと先手を打つように会釈をして、皇臥は車窓を下げて、半分身を乗り出すようにして愛想よく声をかけた。

「お忙しいところを恐れ入ります。新島さんのお宅は、この先でよろしいでしょうか」

「新島さん？」

「ああ。いっくんところのお客さんかぁ、聞いてるよ」

地図を掲げていた老人が、大きく頷きながらにかっと日に焼けた顔を笑み崩れさせた。

いっくん。

そういえば、依頼人は新島厳美《いずみ》——いっくんだ。そう気安く呼ぶ声の響きを聞くに、親しいらしい。

「いっくん、さっきまでは、学校にいたんだけどね。家はこの先を道なりにまっすぐ行って、三本ほど辻《つじ》を渡った山側の黒い屋根の家だよ。家の真横にビニールハウスが二棟、立っているからわかりやすいと思うよ」

思ったよりもはきはきとしたわかりやすい滑舌で、老人は愛想よく道の先へと指をさす。

「そうだ。知ってるかもしれないけど、今色々と立て込んでいて、車の行き来が多いんだよ。そっちの大きめの車とかも、すれ違えなくて苛立《いらだ》った外の連中と揉《も》めるかもしれねぇから、一筋先のさっちゃんの店……えーと、岩見《いわみ》商店の店先に車置かせてもらうといいよ。今、店閉めてるから、大丈夫だよ」

「ありがとうございます」

車内から老人の親切に頭を下げると、道を譲るように作業服姿の警察が道の端に寄ってくれた。

芹も、車窓に向けて小さく頭を下げると、道の向こうに立てられていた地蔵の影で、真《ま》似《ね》をするように背の低い少女がちょこんと頭を下げている様子が、目に入った。背の高い雑草に埋もれていてよく見えなかったが、手を振り返そうとして目を凝らそうとした瞬間、つん、と後ろから髪を引かれる。

振り返ると、錦が悪戯《いたずら》するように芹の髪を一房引っぱっている。

「なに？　錦くん」

「あんま、愛想よくすんな」

生真面目な忠告に、反射的にもう一度地蔵を振り返ろうとして、そこに何の痕跡も残されていないことにぎょっとする。

「……え。もしかして、今の」

ひやりと、背筋に冷たいものが伝うような心地を味わいながら、車窓を指さして、芹はおそるおそる錦に尋ねた。霊や鬼を視《み》ることのできる見鬼《けんき》の力を持つ朱雀の少年は、こっくりと頷く。

「めちゃくちゃ、普通にいたんですけど……」

「うん。結構いる。おんなじ感じの子供が。今のは、芹と波長が合って見えたんだと思うけど」

芹の膝でくつろいでいた黒亀と白蛇も、改めて窓から外を見遣ろうとしている。

「結構って……」

「神隠しで消えた子供ってやつじゃね？」

神隠し——何の前触れもなく、家出や事件性もない状況で人が行方不明になるという現象を、そう呼ぶことがある。かつて、それを神仏や物《もの》の怪《け》、天狗《てんぐ》の仕業であると信じた時代には、住人総出で太鼓や鉦《かね》を鳴らして、消えた者を捜し回ったという。

実際は、誘拐、家出、事故などが多かったのだろうと、芹などはぼんやりと考えていたのだが。

「本物か——……貴緒を連れてきてよかった」

「心の底からの安堵《あんど》は、聞かなかったことにする」

「ふふふ……可愛《かわい》い弟ムーブは、まだ7種類ほど用意してあるぞ。短時間に鍛えた我が伝家の宝刀、全て抜くことに最早《もはや》ためらいはない」

「別の覚悟キメる気ない？」

皇臥の絞り出すようなため息交じりの言葉を、芹は無視することにした。

とはいえ、自覚はないもののっけからあまりに普通に「視た」というのは初めてのことで、恐怖よりも戸惑いのほうが大きい。

少し車を走らせたところで、少し道が広くなり、田畑の狭間に数件の住居と倉庫らしい建物が見えてきた。

その一件に、古びた大きな看板が掛けられていて、「岩見商店」とある。正面の曇ったガラスの格子戸には黄ばんだ白いカーテンがかけられ、本来は何らかの商店なのだろう。入り口の傍らには今は金属の覆いをした上で、細い鎖と南京錠《なんきんじょう》のかけられた業務用のアイスクリームボックスが置かれている。

駄菓子屋さんとか、そういうものなのだろうか。

古い蚊取り線香の看板ポスターや、色褪《いろあ》せた清涼飲料のポスターが窓に貼られたままになっていた。

雑草が生えていたりはするが、少し広めに整えられているところを見るに、村内のロータリー的な役割を果たしている場所なのかもしれない。

商品の搬入のためにか、車を置きやすいスペースもある。

全体的に人のいない過疎的な村とはいえ、放置された田畑も多いため平坦《へいたん》な空き地は少ないようだ。

西側に山、東側にうねるように山に沿って流れる渓谷の狭間《はざま》にある山村のため、全体的に斜めに傾斜しており、整地されているわけではないので迂闊《うかつ》に車を停《と》めにくいのだ。

「これは、まず地元の人の勧めに従おう。あとで、車を置けそうな場所を新島さんに伺うことにして」

皇臥がそう言いながら、商店の店先に車をつけて、エンジンを切った。後ろからついてきた八城のミニバンも、それに従う。芹も護里をミニリュックに収納し、右手に祈里を絡ませた。

「お疲れさまっす。思っていたより、起伏の激しい場所ですね。というか山の斜面にそのまま貼りつくみたいに村があるというか」

しっかりとアウトドア装備を整えた八城が荷物を背負って近づいてくる。彼の表情が、心なしかげっそりとしているように思えて、芹は小さく首を傾げた。少し遅れて、北御門貴緒も車を降りてきたが、眠っていたのか小さく欠伸《あくび》を噛《か》み殺《ころ》している。

「移動するぞ。ここから依頼人の新島さんのお宅までは、さほど離れてない」

愛用のキャリーを引きながら、皇臥が周囲を見回し、スマホを確認した。芹も八城も気安く頷き、それを横目に、どこか眠そうにしていた貴緒は別方向に歩き始める。

「おい、貴緒！」

「珍しく善意で忠告してやるが、自分の出来る範囲の仕事だけにしておけ。俺を引きずり出すと……好きに処理するぞ」

ぼそぼそとしたやる気のない言葉を紡ぐ死神のような印象の男は、弟を肩越しに振り返ってそういうと、ゆらゆらと歩き出した。肩には、黒のＰＣケースを掛けて、周囲を見回す表情は、淡い好奇心を浮かべているように、芹には見えた。

そういえば彼は北御門に帰ってから、ほとんど家から出ていない。彼なりに鬱屈がたまっていたのかもしれない。

「いいじゃない。車はキィ抜いちゃってるから、勝手に遠くには行けないと思うし。少しくらい自由な時間をあげたら？」

「ぼく、おにいちゃんがいないと、ちょっとふあんだなー！」

「こんなところで、早々に七本の伝家の宝刀の一本を抜かなくても」

早々に泣き言を口にした皇臥だが、さほど本気ではなかったらしい、ただの自爆覚悟の軽口だったようだ。どんどんとぼんくら陰陽師がやけくそ＆図太くなっていくようで、芹は宥《なだ》めるように皇臥の肩を撫《な》でさすった。

「ビニールハウスのある新島という家だろう。あとで、合流する」

低い、聞き取りにくい声音は、それでも辛《かろ》うじて耳に届く。振り向きもせずに気ままに歩き出す背中を見送り、色々と複雑そうに苦虫を嚙《か》み潰した表情の仮旦那を促しながら、芹も八城を伴って歩き出す。

「来る途中、すごく石仏や庚申塔《こうしん》が置かれてましたね。月待塔もあったっす」

周辺を見回しながら、じんわりと不機嫌を醸し出す皇臥の機嫌の方向を変えようとするように、八城が口を開いた。

「庚申塔？」

「道教の三尸《さんし》説を基にした、独特の民間信仰に基づいた塔だ。十干十二支の庚申の晩に人々が集まり、夜を明かす行事の記念碑だな。日本全国もっとも多くみられる碑《いしぶみ》だと思っていい」

歩き出しながら、八城と芹の会話を耳に挟んでいたのだろう皇臥が説明してくれる。

「へぇ。皇臥はともかく、八城くん、よく知ってるね」

「オレっていうより、本間《ほんま》先輩が詳しいんすよ。それで、廃墟《はいきょ》巡りの時にもよく出くわしますし、ごく自然と？」

癖毛に童顔の人当たりのいい先輩を思い出し、なるほどと芹は頷く。

「十干十二支って、確か陰陽道《おんみょうどう》にも関係してるよね？」

「ああ。十干と十二支は、中国の陰陽五行説と結合し、意味を持つようになったからな。陰陽道的にも暦に深く関係している。十干は甲（こう・きのえ）、乙（おつ・きのと）、丙

（へい・ひのえ）、丁（てい・ひのと）、戊（ぼ・つちのえ）、己（き・つちのと）、庚（こう・かのえ）、辛（しん・かのと）、壬（じん・みずのえ）、癸（き・みずのと）。いわゆる甲乙つけがたいという言葉の元でもあるんだ。干支《えと》と組み合わせる時に必ず上に来るから、天干《てんかん》とも呼ばれるな」

「確か、契約書とかにある甲と乙の記述の元でもあるよね。十二支は時間も表してるし……」

「ああ。年も表しているな。子《ね》、丑《うし》、寅《とら》、卯《う》……と数えるのは有名だろうが、十二支は、天干に対応して地支《ちし》とも呼ばれていて、もとは月を表す文字で、一年の生活を表していたんだ」

少しずつでも北御門を助けるために陰陽道に詳しくなろうと、勉強を始めてはいるもののさすがにそういった基本知識に関しては本職にはかなわないと、芹は密《ひそ》かに感心する。

――あれ？　そうなると、自分が北御門で役に立つには……勉強も大事だけれど、付け焼刃の知識よりも、お義母《かあ》さんの幅広い教養のように、自分の得意分野を探したほうがいいんじゃ？　などと密かに首をひねった。

いや、前のように皇臥がいない時もあるのだし。知識はどこかで武器になる。自分にそう言い聞かせ、素直に皇臥の言葉に耳を傾けた。

「ちなみに、十干十二支は、意外と身近だぞ。十干と十二支を組み合わせてできた六十干支というものがあるが、六十干支は、年・月・日などに割り当てられている。さっきの庚申もその一つだ。年に対応させる場合は、ちょうど六十干支をひと回りすると60年になるんだ。60歳になるとひと回りしたことになる、それが還暦というやつだ」

「あー。そういうことなんだ」

ぽむ、と芹は素直に手を打って感心した。その様子に、皇臥の機嫌が少し上向いたように見えて、密かに芹も安堵した。皇臥は貴緒と絡むと色々と複雑だ。

「ついでに豆知識として訊《き》きたいんだけど、還暦ってなんで赤いちゃんちゃんこを贈るの？」

「還暦は干支を……十干十二支を一巡りして戻ってきたことから、別名本卦還《ほんけがえ》りとも呼ばれ、奈良時代の貴族から行われるようになったらしいが、60年で自分の生まれた年に還《かえ》るってことで、赤子に戻るって意味を持つんだ。で、赤には魔除《まよ》けの力があることから、昔は生まれたばかりの子供に赤い産着《うぶぎ》を着せる習慣があった」

「唐辛子が魔除けになるってのと同じ理屈だね」

葦追《よしおい》でお世話になった七味を思い出して、しみじみと芹は頷《うなず》く。そういえば今回は持ってきていない。

「ちゃんちゃんこはもともと子供の袖なしの羽織《はおり》だからな、赤子に戻る、赤は魔除けという意味から還暦に赤いちゃんちゃんこを着る風習ができたわけだ。なあ、芹」

「ん？」

皇臥の言葉にうなずきながら歩いていた芹は、不意に呼びかけられて躓《つまず》きそうになった。

「昔は確かに長寿の祝いだったが、現代の60歳は若いからなあ。母さんに贈ったら、しばかれるぞ」

「ばれたか。お義母さん若いから、まだちょい先だってわかってるけど、つい」

てへ、とこれ見よがしに誤魔化し笑いを浮かべると、皇臥もつられたように笑う。時折スマホで、送られてきた住所を確認しながら、整備のいいとはいえない田舎道に足をとられそうになっていた。

「時期が来たら、レンタルのちゃんちゃんこがいいんじゃねっすかね。残さないですし。本間先輩の、ほんま門でも扱いはじめたらしくて、チラシもらったことありますよ。提携した花屋さんでの赤い花束のお届けと割引がサービスです」

「時代に即した事業展開してるなー」

「つか、本間さん商売うまいな。いや、ほんま門は昔からやり手だった。うちと違って」

なるほどそういったサービスもあるのかと夫婦そろって感心したところに、半ば山道を平行移動している状態だった歩みが、少し登りに差し掛かる。

見上げると、山側の門から男性が手を振って近づいてくるのが見えた。

「……あれ？」

少しぼさついた短い髪に、不精髭《ぶしょうひげ》がいささか野暮ったい雰囲気に傾かせている。身に着けたシャツも多少よれていて、作業用と思われるジャンパーにはあちこち汚れが窺《うかが》えた。

なぜだろう。手を振る姿に、芹は少しだけ既視感を覚えた。

切ないような、嬉《うれ》しいような。

「新島です。この度は、急なことですのに、ご相談に応じてくださって、ありがとうございます」

近づくほどに小走りになった男性が、足を止めて深く頭を下げる。思い出したように自分の顔に触れ、いささか恥ずかしそうに。

「無作法で申し訳ありません、せめて髭《ひげ》をあたってお迎えしようと思っていたのに……」

「いえ、大変な時ですしお気になさらず。夕凪《ゆうなぎ》さんから紹介を受けてまいりました、北御門と申します」

皇臥が一歩前に出て、人当たりよく挨拶をかわす。

依頼人の新島は、平均でいえばやや背の高いほうだろうが、皇臥や八城のような長身とは言い難《がた》い。なぜか芹はその印象に違和感を覚える。顔を見た瞬間、もっと大きな人に思えていたのだ。その自身の感覚に、芹は一人で首を傾けた。リュックでは「せりさま、どしたです?」と護里が囁《ささや》く声が聞こえる。

「まずは、我が家にご案内いたします。お連れ様たちのお宿に使っていただいて結構です。広さだけはありますし。もしも、行方不明現場に近い場所がよろしければ、そちらに場所を空けるようにいたします」

「行方不明である長瀬一貴《ながせかずき》くんが消えたのは、現在は閉鎖になっている学校内ということでしたね。そちらにはあとでご案内いただけますか」

「もちろんです」

後方の八城にも、洗練された優雅な礼をして、新島は手の仕草で黒い瓦屋根の平屋へと、一行を招く。

村の入り口にいた老人が言っていたように、家屋の脇には少し小さめのビニールハウスが二棟立っていた。正確にはビニールハウスというよりも、ガラスハウスだろう。白い骨組みと開閉式のガラスで覆われており、よく手入れされて瀟洒《しょうしゃ》な雰囲気をたたえている。田舎の村には似つかわしくない……と思うと失礼だろうか。

芹の視線に気づいたのだろう、新島が少し苦笑いを浮かべている。

「あれは、こちらに戻って来る前に使っていたんです。解体してここ……実家に移築しました」

「お花か何か、育ててらっしゃるんですか？」

「いえ、趣味と実益でハーブを弄《いじ》っているんですよ」

何気なくの質問に、軽く返ってきた答え。芹と皇臥の表情が同じ程度にひきつったのは、ほんのつい先日ともいえる事件を思い出したからだ。

失礼だと自覚しているので、その表情を依頼人には見せないようにと視線を彷徨《さまよ》わせながら、案内されるままに玄関へと足を踏み入れる。

がらんと、人の気配の薄い広い三和土《たたき》だった。

靴箱の上に、少しドレスの色の褪《あ》せたお姫様の人形が置かれているのが、偏見かもしれないが男性の田舎の一人暮らしには不釣り合いに思えてしまった。

靴を脱ぐ前でもわかる、線香の濃い香りが建物に沁《し》みついている。

何となく、皇臥の肩にシナモン文鳥姿でちんまり収まっている見鬼の錦と、後ろにいる八城の様子をうかがってみたが、現在のところどちらにも挙動不審な様子はない。

自分の視線の動きを自覚して、廃墟研究会が八城を重宝する感覚が分かった気がして、ついついメンバー陣に奇妙な共感を覚えてしまった。

短い廊下を抜けて、台所と繋《つな》がった茶の間へと案内され、新島が手早くいれた紅茶を勧められる。

「つまらないものですが……」

事前に簡単な打ち合わせは皇臥との電話で済ませているので、単純に挨拶と現在の状況の説明を兼ねたおもてなしといったところだろう。少し残念なのは、室内に立ち込めた線香の香りが強くて、折角茶葉から淹れた紅茶の香りが、紛れてしまいそうだった。

「今回の件で、少し不思議に思ったことがあるのですが……」

それぞれがカップを手に一息をついたところで、何気なく皇臥が口火を切る。新島は「何でしょう」と言いたげにわずかに首を傾《かし》げた。

「行方不明になった少年は、その……新島さんとは血縁関係ではないようですが。親御さんのご依頼の代理とかなのでしょうか？」

「……ああ。やはり、そこを不自然に思われるのは当然だと思います。依頼者は、私自身です。長瀬さんには相談させていただきましたが、半ば強引に話を進めさせていただきました」

この場合の「長瀬さん」は、行方不明の少年のことではなく、その両親またはそのどちらかなのだろうと、何となく芹は話の流れを推測した。

「一貴くんが姿を消す直前まで、私がそばにいたこと。すでに廃校されていることからお察しでしょうが、この村には子供が少なくて……その中でも、一貴くんは私に懐いてくれて、学校改築準備にも頻繁に訪れてくれて、色々と参考になる意見をもらったりしたんですよ」

タモの一枚板の座卓で、新島が組み合わせた指に、ぎゅっと力を込めたのが分かった。

「――……あ」

ふと、八城が小さな声を漏らした。

視線が、向かい側に座った皇臥や芹を通り越して、その向こうを見ている。

「私には、息子がいて……彼と、同い年だったんです。名前も、響きが同じ、で」

長瀬一貴、８歳。

小さく声を上げた八城の視線を追って、芹はなぜ自分が小さな違和感をずっと抱き続けていたのか、その正体を理解した。

多分、その違和感は芹だけ。皇臥も八城も、知ることはないだろう。いつも芹に寄り添っている玄武の双子たちでさえ。

新島はゆっくりとゆっくりと噛《か》み締《し》めるように言葉を続ける。声が僅かに震えていた。

「あの子が生きていたら、あんな風に元気なのか、活発なのか。真っ黒になるまで日焼けして、虫取りをして、石投げをして、竹馬で転んで、膝をすりむいても、大口開けて笑っていたのかと……そう思ったら、彼が姿を消したことに、大人しくしてなどいられませんでした。今この瞬間も、いてもたってもいられない、くらいで……」

薄く開いていた襖《ふすま》の向こう。茶の間の奥は、仏間になっていた。

黒塗りに金の仏壇で、繊細そうな小さな男の子が笑っている。その横では、線の細い綺《き》麗《れい》な女性も微笑《ほほえ》んでいた。遺影には珍しいコックコートで。

「……カヅくん、だ」

思わず、芹が零《こぼ》した言葉に、俯《うつむ》き加減だった新島が顔を撥《は》ね上げる。

その表情で、芹は自身の言葉が間違っていなかったと悟った。

あの小さな男の子は、そう自分を呼んでいた。

白い満開の梅の花の群れ。南欧風のアプローチが広がる、オーベルジュが記憶の中に鮮やかに蘇《よみがえ》る。

小さなオーベルジュの中で、男の子の霊が悪戯《いたずら》をして回っていると降霊会をおこなった小さなレストラン一体型宿屋。

ああ——そうか。

カヅくん……4歳の香月《かづき》くんには、新島さんがもっともっと大きく見えていたんだ。

芹は、彼の記憶を通して、彼を見ていた。もっと髭が濃くて、逞《たくま》しい男性なのだと。しかしここにいるのは、決して大柄ではない優しそうな男性で——いや、髭は剃《そ》り落《お》としたのだとしても、もしかすると4年前よりも痩せてしまったのかもしれない。

「そうか……だから、薙姉《なぎねえ》は、他でもない俺たちに仕事を持ってきたのか。新島さんは、新島香月くんと、白花《きょか》さんの……つーか、言っとけあらかじめ」

迂闊《うかつ》、と言いたげに皇臥は自身の顔を覆うように片手のひらで顔を覆い、一瞬の動揺を抑えて大きく息をついた。すぐに口調を改め、小さく一礼をする。

「お線香を、あげさせていただいてもよろしいでしょうか」

襖の向こうからは、今も線香の香りが強く漂ってきている。薫るというよりも、むしろ、やや煙たく思えるほどの濃さで。

芹が膝を進めるようにして、背後の襖を開くと、白くたなびく細い煙が縁側からの柔らかい陽射しを天使の梯子《はしご》のように柔らかく浮き上がらせている。

周囲には、小さな人形の群れが、仏壇を守るように置かれていた。

そういえば、母親の新島白花はお人形集めが趣味だったと言っていたことを思い出す。

お姫様、王子様。妖精、キツネ、猫、フランケンシュタイン、人のカタチだけでなく動物のぬいぐるみから、ビニール人形、安めのビスクドール。

のばらは此処《ここ》から持ち出されて、迷える息子の道しるべとなってくれたのだろう。

北御門夫妻は、弟子とともに正座をして仏壇に手を合わせる。

史緒佳も、姿を消した少年のために北御門家の祖霊舎に祈っていた。

新島厳美も、息子の面影を重ねる少年のために、同じように祈らずにはいられなかったに違いない。

「……助けてあげないと、だね」

肩同士の触れ合う距離で、芹は小さく呟《つぶや》いた。

しかし、皇臥は難しい表情を浮かべたまま、それに対して答えることはなかった。

第三章　白虎が語る北御門

1

士野白《しのしろ》小中学校と、錆《さ》びた青銅の学校銘板には記されていた。

門柱は粗削りな石造りで校門としては重々しく、周辺を囲うのはフェンスではなく焼板の塀で古めかしい。あまり大きな建物ではないだけに、うっかりすると住居だと思い、通り過ぎてしまいそうだ。木枠の出窓越しに、数人の紺色の作業姿が行きかう様子がちらほらと垣間見《かいまみ》える。

山と谷の狭間《はざま》の斜めの土地に貼りつくような立地の、山側。村の中でもかなり高い場所に組まれた石垣に、廃校となった校舎が二棟建てられていた。

「小学校と中学校が一緒になったタイプなんですね」

芹《せり》が、門柱の前で全景を確認するように見回して呟いた。

依頼人である新島厳美《にいじまいずみ》に、現在行方不明である長瀬一貴《ながせかずき》少年が姿を消したその場へと案内されてきたのだが。

すでに廃校となった学校の校庭は、決して大きくはない。

住宅街の小公園程度。煉瓦《れんが》を埋め込んだ花壇の残骸が残って車止めの代わりを果たし、残っている遊具は鉄棒くらいだ。

そして狭い校庭部分には、今は車両が何台も置かれている。

焼杉の外装を施した木造の建物は、一棟が今も手入れされて頻繁に使われているようだが、もう一方は入り口にははすかいに長い板が立て付けられて、入れないようになっていた。窓はすべて雨戸で塞がれ、中の様子も見えない。

「廃校とはいえ思ったより廃墟《はいきょ》という感じじゃないな。もし廃墟ってことなら、いざとなれば本間《ほんま》さんにヘルプを頼んでもいいかと思っていたが、むしろ呼んだら期待外れだったかもしれん」

現在は状況もあって人の出入りが多い古い校舎といった感じである。それを見上げながら、皇臥《こうが》はわずかに苦笑した。八城《やしろ》が周囲を見回しながら、渋い表情を浮かべつつも気安く返す。

「いやあ。本間先輩なら、あっちの朽ちかけの閉じた校舎だけで、ご飯三杯はイケますね！　とか言ってると思いますよ。それはともかく、幼い子供さんが行方不明なんすから、オレも隙があればボランティアとして協力できればって、思います。人の手入れがされない建造物は、あっという間に廃墟化しますし、村内には空き家も多いようでしたし。もし古い文献や探検的なことで困ったことがあれば、すぐ連絡していいって先輩には許可もらってます」

「遠隔式廃墟研究会ブレーン。心強し」

花嫁衣裳《いしょう》の時にも、色々と情報収集に動いてもらったことを思い出して、芹はしみじみと感謝する。

「冒険心旺盛な子供さんが迷い込んでもおかしくないからな、普通の手段で行方不明者を捜索するのは全然ありだ……とはいえ、八城の顔を見ていると、単純な迷子や事故とは言えないみたいだな」

ちらりと、皇臥は弟子を見遣《みや》る。視線を受けた八城はいつもよりも硬い表情のままで、困ったように眉を下げるだけだ。

芹の傍らでも、護里《まもり》と祈里《いのり》が手を繋いで周囲をもの珍しそうに見回している。何となく眉間に皺《しわ》を寄せたり、不思議そうに首を捻《ひね》ったりと普段と違う表情に、芹が「どうしたの？」と問いかけてみるのだが、どちらも困ったように同じ角度に首を傾けるだけだ。

「せりさま、まわり、みてきてよいですか？」

そわそわと落ち着かなそうな様子で、護里が芹を見上げる。祈里はそこまで過敏ではなさそうだが、双子はどちらも結び合った手を離そうとはしないし、護里は微妙にそわそわとしている。その様子に、芹も皇臥へとちらりと視線を向けた。彼が小さく頷《うなず》くのを確認すると、双子の式神の頭を軽く撫《な》でる。

「いいよ。でも、声が聞こえる場所にいてくれると、わたしも安心できるかな」

「あい」

真面目な表情で、こっくりと同じタイミングと角度で頷く双子たちに、自然と口唇《くちびる》が緩むのだが、祈里は護里と駆けだす前に、じぃ、と皇臥へと一瞥《いちべつ》をくれた。

「せりさまのそば、はなれたら、かみます」

「……俺を脅すのは式神としてどうかと思うぞ」

幼い姿の式神に睨《にら》みつけられて、ややげんなりしつつも主人の口元には笑みが浮かぶ。

白と黒の二匹の蝶《ちょう》のように振袖をはためかせながら、その場を離れていく玄武の双子を見送り、皇臥が少し屈《かが》むようにして、小さな声音で囁《ささや》いた。

「意外と、祈里が俺に芹を任せてくれるようになったのは、すごい進歩だと思う。……なんでだと、思う？　芹」

「さあ？」

ストーカーまがいに芹べったりだった祈里だが、珠《たま》や護里と一緒に過ごすうちに、周囲を信頼し始めたのかもしれない。いや、珠には結構懐いていたし、護里に対しては、ぴったり離れない言葉通り対の関係なのだから信頼以上のはずだが。

けろりとした芹の言葉に、微妙に渋い表情になる皇臥へと、珠がけたけた容赦なく笑いだした。なぜか後ろから皇臥がすぐさま護衛の式神に軽く蹴りを入れていたが。

「大将。自分も、あちこち見てきやすぜ？　山ン中なら下手な犬より手前の得意分野なんで。貴緒《たかお》の動向も気になるでしょ？」

「あ。そうか……いや、珠はいい。一応建物内を覚えるためにもそばについていてくれ」

「はあ。承知」

頷きかけようとして、躊躇《ためら》い、結局皇臥は首を横に振る。その様子に、珠はやや怪訝《けげん》の表情を浮かべた。

「北御門《きたみかど》さん」

手入れをされ、窓ガラスもそれなりに磨かれたほうの校舎の扉が開かれた。中から、新島が手招きをしている。

呼ばれるままに、一行は士野白小中学校の校舎へと足を踏み入れた。

「本来は、下足履きのまま入る校舎だったんですが、今は掃除や手入れの関係上スリッパを使用することになったんです」

そう言いながら、学校というには小さな玄関で、ぺらぺらの来賓用スリッパを渡され、全員それに履き替える。

木製のスライドドアと内窓の並ぶ廊下側には校庭側と違ってすりガラスがはめこまれていて、元教室の内側の様子が、何となくぼんやりと垣間見える。古臭さは抜けないが、それでも何となく懐かしいような感覚が芽生えた。

「一階は、村の公民館代わりに使っているんです。今は、捜索隊の本部になっていまして。ですので、あまり整ってはいませんが、二階のほうにどうぞ。あと、トイレも一階の男子用のほうしか今は機能してません。申し訳ないですが、共用としてご了承ください。気になるようでしたら、少し離れていますが、我が家のをお使いください」

新島はやや恐縮気味に芹へと頭を下げた。

確かに、頻繁に使う施設ではないのだから、仕方がないだろう。芹は「大丈夫」と口にして、首を縦に揺らす。実際その程度、気にするほどのことでもない。

案内されるままに廊下を進んでいくと、元はクラス名や各施設名が下げられていたのだろう札に「かいぎしつ」と書かれているのが目に入る。中では人の気配がすりガラスを通して感じられた。

「ここは、元は職員室だったんです。私もここの卒業生でした。学校としてはもう10年ほど前に閉じられましたが、今は村のおっさんたちが自治会の会合といっては、酒やつまみを持ち込んで宴会する場所になってます。もっとも、この夏には学校そのものをリニューアルして、宿泊施設に整えようって準備をしている最中でした」

「そういえばそうでしたね。結構手がかかりそうに見えるんですが、大丈夫ですか?」

皇臥が何気なく水を向けると、新島は小さく笑う。

「――……まあ、私はもともと小さいとはいえ宿の主人でしたから。ノウハウもありますし……子供たちに関われるなら、と思って村での相談を引き受けることにしました」

確かに、『スイートプラム』は居心地のいい宿だった。と思い出した夫婦+弟子そろって小さく頷いた。

「一貴くんも、遊び相手ができるかもしれないと、大喜びで。色々と話をしていたんです。どんなことをして遊びたいか、どんなことに興味を惹《ひ》かれるか。この村では、昔から竹馬や竹ぽっくりなんかが昔の遊びとして主流でしたが、街の子供たちは一朝一夕で楽しめるだろうか、とか。あの日も、おばあさんの手作りの蒸しパンを差し入れに持ってきてくれて……」

校舎二階に上がる階段手前で足を止め、新島は校舎玄関を振り返った。すりガラスの窓越しに、職員室のざわつきが、やけに浮き上がって耳につく。

「私は、二階で干していた布団のシーツを取り込み忘れていたことに気付いて、ちょうどここに差し掛かった時、一貴くんが玄関から飛び込んできたんです。夕暮れで、色々と作業を終えた呑《の》み助のおっさんたちが、何人か校庭で雑談していて、一貴くんは『新ちゃんいるか？』と元気に声をかけていたそうです」

神隠しとなった少年の状況を、少し眉を寄せながら新島は低めた声で綴《つづ》る。

「私は、一貴くんに気付いて『一貴くん、ちょうどよかった、シーツの取り込みを手伝ってくれ。終わったら、夏穂《なつほ》さんの蒸しパンを桑ジュースでいただこう。夕飯は食べられる程度にな』と返しました。窓が開いていたので、その声は外のおっさんたちにも届いていたそうです。一貴くんは『了解！　ばあちゃんの蒸しパンは絶品だからな、新ちゃんの桑ジュースも一緒だとすっげえごちそうだ！』って満面の笑みを浮かべてくれたんです。その笑顔が、私が、一貴くんを見た最後でした」

校庭に面した木枠の窓には、透明なガラスがはまっている。二階に上がる階段手前からも、小さな校庭を眺めることができて、今も何台かの車が止まった間をうろうろとしている捜索隊の何人かの動きがよく見えた。

「私は、そのまま二階に上がり」

そう言いながら、新島は実演するように校舎の二階へと階段を上がっていく。古びた木製の階段が、一歩進むたびにぎぃぎぃと軋《きし》む音を奏でていた。

階段を上がると、すぐにかつては教室だったのだろう廊下に面した窓と、横開きの扉が並んでいるのが見える。

そのうちの一番手前の教室の扉を、無造作に開けてから、校庭に面した窓を大きく開け放つ。

「ここに、シーツを干していたんです。取り込んで、そこの教室に運んでいました」

「あの……ここ、学校ですよね。なんでシーツ？」

芹が、遠慮がちに片手をあげて問いかける。

その当然ともいえる疑問に、一瞬新島は不意を衝《つ》かれたようにきょとんとしてから、この瞬間だけは明るく破顔した。

「ああ、すいません！　ここが村の宴会場のようになってるって話はしましたよね。で、飲み潰れたり、家に帰るのが面倒になった呑み助たちが、ここで寝ていくことは珍しくないんですよ。見てください、これ。『川床』って、あるでしょう」

新島が教室のプレートを指さした、そこには普通なら学年とクラスが書かれているはずが、黒い板材には白い染料で「川床」と書かれていた。

「これは、いわゆるお店が河原に設ける有名な納涼床のことではなく、文字通り川の床、川底のことなんですよ。士野白村《しのしろむら》は、結構傾斜が強くて、そのまま谷川に続いているでしょう。酔って帰っていくと、転んでそのまま川の底まで行ってしまうっていう冗談があって。足元が危ないものだから、酔いつぶれた連中や帰るのが面倒だったりした時は、そのまま校舎に泊まらせてしまうわけです。本物の川の底につっこむよりはマシだし、ご家族も心配は少ないんで。……で、酔いつぶれてここに泊まっていくことを『川床に沈んでる』っていうのが、村の慣用句なんですよ」

「物騒だなあ」

なるほどとうなずきつつも、すっかりと村内で有効活用されているらしい廃校舎のにぎわいに、小さく笑みがこぼれた。

「そんなわけで、布団一式は気づけば教室に常備されていましてね。こうやって、簡易宿泊施設になっているからこそ、改築しての再利用のヒントになったわけですが……それはともかく。あの日、布団は陽が陰る前に取り込んでいましたが、シーツはタオルや私物と一緒に後回しになっていました」

そう言いながら、新島は校庭に面した窓から少し身を乗り出すようにして、何かを抱えあげる仕草をした。

きっと、シーツを取り込む動きだったのだろう。上側の窓枠に何かを外すように手を伸ばしたのは、洗濯物を干したピンチハンガーをそこにひっかけていたのかもしれない。

「両手が塞がって、教室にそれを運ぼうとしていた時、階段を上がるぎしぎしとした軽い軋み音が聞こえていました。『新ちゃん、蒸しパンここに置くな』って、すぐ後ろから一貴くんの声が聞こえて、いつものように手伝ってくれるつもりなのだろうと——洗濯物で手がふさがっていた私は、振り返りながら何気なく『蹴とばさないところにな』と答えたと思います——けれど。その時には、もう——」

彼の姿は見えなかった。

新島は、口唇をそう震わせた。

皇臥が景色を確認するように、数歩近づき、窓を覗《のぞ》きこむ。焼板の壁には小さなひっかき傷のようなものが古いものも新しいものもいくつか見えて、ここから布団などを干すことが日常茶飯事だったのだろうということをうかがわせた。先ほど一階の廊下から見た時よりも、当然だが目線が高く、校庭に止められた車の狭間《はざま》から鉄棒が垣間見《かいまみ》えた。その向こうの敷地を区切る焼板の塀の隙間から、小さな子供がこちらを覗きこんでいる。

狭い隙間なので男か女かはわからないが、人が行きかうのが珍しいのだろうか。

「近くから、一貴くんの声が聞こえたのは確かなんですね？」

「ええ。そのやりとりは、校庭でのんびりしていたおっさんたちも聞いています。私は、その時姿が見えない意味が分からなくて……聞き間違いだったのだろうかと、混乱してはいましたが洗濯物を、まずは教室に運び込みました」

皇臥の問いに頷《うなず》きながら、新島は自身の動線を指で辿《たど》るように、窓から教室に人差し指を動かした。

「でも、その階段の手すり……折り返しの平らな部分に、皿が置いてありました」

ちょうど、八城が手を触れて、最後の段を上がろうとしていた時だったが、全員の視線を受けて、思わず熱いものに触れたかのように慌てて手すりから手を離していた。

子供が横着に物を置きやすい場所。

大人なら注意するだろう。多分。

廊下と階段、ほんの数人が立ち止まるだけで渋滞しかけている、さして広くもないスペースだ。

新島の立ち位置から、2メートルほどだろうか。

「この距離で、見失った……ということですね」

皇臥の確認に、新島は頷いた。気を落ち着かせるように大きく息をつき、そのままゆっくりと先ほど扉を開けた教室へと入っていく。

「一貴くんの声は、すぐ背後から聞こえてきました。階段を上る軽い足音も、蒸しパンの皿を置いた小さな音も、聞いていたんです。校庭には、村のおっさんたちがいました。けれど、一貴くんは出てこなかったと証言しています」

神隠し――不自然な行方不明事件と呼ぶにふさわしい消失だと、芹も眉を寄せた。

護里や祈里が背後にいる感覚は、芹にとっては日常だった。後ろから駆けてきて、急に抱き着いてくる感覚や、すぐ後ろから上着の裾を引かれるのもよくあること、それが不意に消えて、姿が見えなくなってしまったら――そう重ねると、新島の不安感が他人事《ひとごと》には思えない。

そして新島はおそらく、消えた少年に息子の影を重ねていたのだろうから。

教室は、芹が覚えている小学校の教室よりも少し狭い気がした。

疵《きず》だらけの黒板、打ち合わせ日程などの伝言を張った古い掲示板。教卓や机や椅子はすでにどこかに運び出され、がらんとしている。

しかし、一角に畳が四畳分運び込まれて、竹や様々な小枝などや籠細工や絵の具が箱に入れられている。何かの作業場なのだろうか。また別の一角には、シーツの剝がれた布団が数組、畳まれていた。酔っ払いたちが休むための「川床」用だろう。

新島は竹や箱を片隅に追いやると、近くに立てかけられていたちゃぶ台を四畳分の畳の上に置き、ペットボトルのお茶を紙コップに人数分入れる。

「つまらないものですが……」

「いえ、ありがとうございます。お家《うち》のほうでも美味《おい》しいお茶をいただきましたのに」

皇臥、芹、八城と新島をくわえて4人全員が座るには狭いため、八城は物珍しさを装って、紙コップを片手に教室を見物に……という風体でぶらぶら立つことにしたようだ。

「ここと隣の教室は、作業場になっていますので、自由にお使いください。一階がやや騒がしいかもしれませんが、話は通してあります。一応、宿泊は我が家を提供する予定ですが、布団も干してシーツと枕カバーも洗濯済みですし、ここも寝泊まりするのに最低限のものは揃《そろ》っています。あ。電気はそこのコードからどうぞ」

教室の窓から這《は》っている黒いコードが、延長コードで分岐している。外で発電機に繋《つな》いで使っているらしい。

「かいぎしつと、川床にしか通してませんので、不自由でしょうが」

「あ。オレ、貴緒さんがさばまるで使ってた小型発電機、積んできましたよ。充電も済んでます」

「やるな、真咲《まさき》。褒美だそのままガメろ。許す」

「……師匠に許されても、あの人に怒られたら何仕掛けられるかわかったもんじゃないっすよ」

「しかも、皇臥が身銭一銭も切ってない」

にこやかに弟子をねぎらう皇臥に、八城はややぎこちなく笑みを浮かべた。その様子を隣から冷ややかにつっこみつつ、芹も興味深く古い教室を見回した。芹の通っていた学校はもう少し近代的だったが、それでも懐かしさのようなものを感じる。

黒板の端に、塗料で「月」「日」「当番」と書かれている。芹の学校では「日直」だったが、どこでもあまり変わりはないのだなとつい小さく笑みが滲《にじ》んだ。

「一貴くんが姿を消した折、何も、不自然な様子も雰囲気もなかった……ということですね？」

紙コップに口をつけながら、皇臥が確認するように問いかける。それへ、新島はしっかりと頷き返した。

「ありません。ごく日常の風景でした。学校に入っていく彼を見ていた人たちも、同じことを言っています」

「姿を消した後も？」

重ねた問いに、新島は改めて考えこむようにしばし黙り込み、やがて同じように肯定の頷きを返す。

「見失った後、それがなぜなのかわからなくて、何も言わず帰ってしまったのか……急にもよおして、トイレに行きたくなっただけなのか、驚かそうと悪戯《いたずら》で隠れてしまったのか。私自身混乱していましたが、その時はすぐに出てくるだろうと思いました……あ」

ふと思い出したように、新島は言葉を途切れさせた。

「なにか？　どんな些細《ささい》なことでも」

「もちろん、警察の方にもお話はしたことですが……蒸しパンの皿を、一貴くんが階段の手すりに置いていたってことを言いましたよね？　ただ、そこに蒸しパンが残ってなかったんです」

「は？」

「おかしなことを言ってますよね？　けれど、思い出した不自然はそれくらいで……」

思わず素で問い返してしまった皇臥に、新島が焦ったように苦笑いをして頭を掻《か》いた。

そしてわずかに視線を遠く、記憶を探ろうとするかのように宙へと彷徨《さまよ》わせた。

「玄関から駆けてくる一貴くんが、ラップで覆った皿と蒸しパンを持っていたのを見たはずなんですが、手すりに置かれた皿は、空っぽでした」

「一貴くんが、つまみぐいをした、とか？」

芹の言葉に、緩やかに新島は首を横に振った。

「ありえなくはないですが、夏穂さん……一貴くんのおばあさんお手製の蒸しパンは、彼にとって差し入れをつまみ食いをしたくなるほどめずらしいものではないと思います。いつも春に作ってくれる、よもぎと餡子《あんこ》の蒸しパンでしたし。いつも、みっつよっつほどお皿に載せていただくんですが、ゲンコツよりも少し大きめのそれが全部なくなっていたのはつまみ食いにしては早業過ぎると思います」

「珍しいものでなくても、好物に手が伸びちゃうことはあるんじゃないですか？　ついつい目についてとか言い訳しつつ、時々冷蔵庫のきゅうりの糠漬《ぬかづ》けを摘まんでる人をよく知ってます」

「こら、芹ばらすな」

「皇臥のことだとは一言も言ってない」

夫婦のやり取りに、新島はくすりと小さく笑った。芹にはそれが、初めての、彼の自然な笑みだったように見えた。ずっと、無意識に不安で気を張っているのだろうか、新島香月《かづき》の父ということもあってか、その笑みを少し痛ましく思う。

「ただ蒸しパンがなくなっているのは……こんなことを言うとなんですが、少しだけホッとしています。もしも、どこかで怪我《けが》をして動けなくなっていたとしても、食べるものはあるということですし」

自分で言っていても気休めとわかっているのだろう、新島の表情は硬さを取り戻していた。長瀬一貴が行方不明になって5日が経《た》とうとしている。

「ともかく。我々は、調査にかかりたいと思います。この士野白村には、昔から神隠しの言い伝えがあるということ、そして入村時から尋常ではない気配を感じました。できれば、言い伝えについての資料を閲覧させていただくか、詳しい伝承をご存じの方を紹介いただくことはできますか？」

「ええ。この村の資料に関しては、隣の教室にまとめてあります。古いものですので、取り扱いにはご注意ください。正直保存状態がいいとは言えませんので、虫が食っているものもあります。あとは、伝承に詳しい人というと……岩見《いわみ》商店の、店主のさっちゃんさんなんですが……」

岩見商店。

そういえばそう看板のかかった古びたお店の店先に、車を置かせてもらったことを、芹は思い出した。

「久しぶりに、お孫さんに会いに旅行に行くっていって、留守なんですよ。あの店が閉まるなんて、日曜以外だと10年ぶりくらいなんですけどね、正直タイミングが悪かった」

「へえ……あそこ、何屋さんなんですか？　商店って書いてあったけど、店構えからは想像できなくて」

「昔から、色々なものを商ってくれてましたよ。子供には駄菓子や文房具、店の奥に鍋や包丁などの調理器具、石鹸《せっけん》シャンプー洗剤なんかの生活雑貨、鋸《のこぎり》やゲンノウ、釘《くぎ》ねじのちょっとした大工道具……とはいえ、最近は通販が進化したでしょ。そのおかげで、商店というよりも宅配便をまとめて受け取る集積所のようなことを請け負ってくれていて……うちの村、ギリ配達不能地域じゃないんですけど、それでも荷物の配達が数日に一回なんで、まとめて岩見商店で受け取りの面倒を見てくれてるんですよ。正直、それが一番の役目ですね。もし家にいなかったら、再配達は次の週とかざらですから」

「なるほど。だから車が出入りしやすいようにあんなに広めに整えられてるわけですね」

芹は納得する。この村なりの最適化されたコミュニティがあるというわけだ。

「了解しました。詳しいかたに直接お目にかかれないのは残念ですが、それでも資料が残っているのはありがたい。こちらはこちらなりのやり方で、一貴くんの行方を捜させていただきます。……ええと、まずは俺は、残っているという資料を見せていただきたいのですが」

「じゃ。俺は、村を散策がてら車から色々と荷物下ろして、こちらで休めるようにさしてもらいます。例のポータブル発電機とかね。師匠と芹先輩は、新島さんの家でご厄介になるにしても、オレと貴緒さんまで一緒ってのはさすがに負担だと思うんすよ」

「鷹雄《たかお》さんも？」

ふと、気付いたように芹は八城へと問いかけた。

「ま、いちお。あの人が師匠と一緒だと、師匠の色々な部分が擦り切れる気がして、それくらいはこっちで請け負おうかと。……仲悪い同士の猫は、一緒のテリトリーに置かねえのが一番すから」

「俺は猫か」

弟子の素直すぎる言葉に皇臥がボヤいているが、芹は毛並みのいい猫同士がお互いに威嚇音を発している様子を簡単に想像できてしまい、口許《くちもと》が歪《ゆが》むのを自覚する。声に出して笑ってしまうと、傷つけるかもしれない。その芹の表情に気付いた皇臥が、微妙に疑問符を浮かべながら首を傾《かし》げていた。

「？」

「じゃ、じゃあ……わたしは、まずは八城くんのお手伝いをするね。車も、お店の前じゃなくてどこかに停《と》め直したほうがいいでしょ？　そのあとで資料の調査をお手伝いするよ。それとも、皇臥、わたし何か優先したほうがいいことはある？」

少し早口になった芹の言葉に、新島の案内で隣の教室に向かおうとしていた皇臥が、足を止めて少し考えて小さく首を振った。

「いや。それでいい。もしも、岩見商店のご主人以外に、村の伝承をよく知っていそうな人や一貴くんのことに詳しそうな人がいたら、話を聞いておいてほしい。で、貴緒を見つけたら、首に縄付けといてくれ。物理的に」

「物理」

それでいいのだろうか、陰陽師《おんみょうじ》という職業の社会的信用度がさらに地にぶち落ちないだろうかと心配にはなった。荷物の中にヒモは入っていただろうかと首を捻《ひね》っていたところに、そういえば今、捜索隊という名の警察の方々がたくさんおいでだと思い至り、芹はそっとその思考を遠くへと放り投げた。芹としては、善良な一般市民の範疇《はんちゅう》から外れたくはないのだ。

そんなどうでもいい考えを巡らせている芹の視線の先では、皇臥が思い出したように、いつも通りついていこうとした白虎《びゃっこ》へと何か言葉をかけている。

珠が、少し渋いような表情を一瞬浮かべたように見えた。

「じゃ、諸々《もろもろ》終わったら、皇臥のお手伝いに行くね」

「ありがたい」

そう言い残して、皇臥は新島を伴って「川床」と呼ばれる教室から出ていった。見送る頭の上には、ちょこんとシナモン文鳥が乗っている。

「んじゃ、芹先輩。俺らもいきますか？」

「そうだね。こういう行方不明者の捜索って、時間との勝負って言われてるもんね」

芹は、歩きながらポケットからメモを取り出して新島から聞いた、長瀬一貴の消失時の流れを簡単に書き記しておくことにした。

皇臥と新島とは反対方向、奥の教室ではなく下に降りる階段へと歩を進め、芹は何となく足を止める。

同じことを考えたのだろう、八城も足を止め、蒸しパンの皿が置かれていただろう階段手すりに手を触れて、廊下の窓へと視線を向けた。芹も、確認するように廊下の窓へと向かい、そこから階段に佇《たたず》む八城を振り返る。

近い。

互いに手を伸ばせば、手が触れ合いそうだ。

「この距離で、あっちむいて、こっち見たらもう消えてたってことっすよね」

「そういうことになるね。……そんな距離で見失ったとしたら、新島さん、つらいと思う。何かあったら、後悔してもしきれない」

「……すね」

八城も、芹の言葉に硬い表情で頷《うなず》いた。

そして、そのまま周囲へとゆっくりと視線を巡らせる。

集中するように黙り込んで周囲を見渡す八城が、落ち着いたように見えるタイミングで、芹は声をかけた。八城は、いかつい顔立ちに複雑そうな色合いを浮かべる。

「何か感じたりする？」

「……めちゃくちゃ古いのがいた感じっす。原形留《とど》めてないくらいの漬物」

「八城くん、霊の古い新しいを、お漬物の漬かり具合で表現するのやめない？」

「つーても、オレ他に喩《たと》え方でピンとくるものないんっすよ」

やや口唇《くちびる》をへの字に曲げ、憮然《ぶぜん》とした様子で北御門の弟子は訴える。糠床《ぬかどこ》からきゅうりやナスを引っ張り出すたびに、こういった八城の表現を思い出してしまい、芹としても微妙なのである。

皇臥と八城は古漬けのきゅうりを細かく刻んでお茶漬けにするのが好きらしいので、常に長めに漬ける野菜を用意しているのだが、それを取り出した時に「これは八城くん風に言うと何十年物の霊的漬け方だろう」などとうっかり考えてしまい、食欲が減退したこともあった。まあ、それは彼のせいではないのだが。

「いや、その古いのよりオレとしては気になるのは……」

表情が硬いまま、八城は窓から校庭を見渡す。

「……なんか、ちらほらいるんすよ。子供。神隠しの被害者だと思うんすけど、それは結構昔のが多いかな」

視線を巡らせて、すぐにふいと顔を背け、階段を降り始める。

あまり、霊としっかり向き合わないというのは、彼なりの自衛だという。だから、大抵は目立つものがいればちらりと横目で確認するくらいらしいが、こういった騒動の渦中に飛び込むことになれば、そうも言っていられない。周辺に気を配ってくれているようだ。

「じゃあ、神隠しは確かにあって、行方不明になった子は死んじゃってる……ってことだよね」

「――……まあ、でも原因がそれのみってことはないっすよ。事故とか病気とか、多分、関係ないのもいるし」

『かいぎしつ』のざわめきと人の行き交いを横目に、小さく会釈だけをして芹と八城は玄関から校庭へと出ていく。

「関係ない……まあ、そうか普通に人が暮らしてれば、生き死になんてあって当然か」

「車置かせてもらった店の向かい側のなんも植えてない、雑草だらけの畑があったっすよね。そこ、中年の男が尻から下は土に埋まったまま、日向《ひなた》ぼっこしてましたし」

「ひなたぼっこ……」

想像して、微笑《ほほえ》ましいのか怖いのかわからず芹は思わず首を斜めにするしかない。

「まあ、ぼーっと空見てたんで、陽に当たってたのか虚《うつ》ろだったのかはわかんねっすけど。オレもじろじろ見るようなことはしてねえし」

ま、悪いもんじゃないと思うっすと小声で付け加えて、八城はふと後ろを振り返った。

校庭では、紺色の作業服を着た男女や、おそらく近隣の住人だろうという普段着の老人たちが、地図を広げて話をしている。

「後で、どのあたりをまだ調べてないのかとか、聞けたらいいっすね。捜索ボランティア申し出れば、教えてもらいやすいかもしれないっすけど、ま、オレは師匠の行動っつーか出方次第ですかね」

白黒ツートンカラーのライトバンや、色々な車両が校庭に停車しており、時折休憩をとる村人の姿も見える。思ったよりも、人が集まっているのだと、芹としては少し場違いに思えて肩身が狭い。

「れ？」

校舎を見上げていた八城が、ふと数歩離れたところに佇んでいた式神に気付いてわずかに不審げな表情を浮かべた。その視線を何気なく追っていた芹も、それに気づく。

「珠、皇臥といなくていいの？」

十二天将・白虎の青年が、やや不機嫌そうに二人に合わせるようについてきていた。行き交う人たちを避けるために、時折ひょいと身体《からだ》を斜めにしている。

「うす。多分、この村の中色々うろつくことにもなるだろうし、奥方たちと周囲見て来いって言われましたんで」

「珍しいね。喧嘩《けんか》でもした？」

はた目には、隣にいる八城と会話でもしているような素振りを取り繕いながら、芹は憮然とした表情を隠そうともしていない白虎の青年へと、少しからかうように声をかけた。

白虎の式神は、北御門皇臥の幼少期から護衛として、大抵の場合傍らについている、どうしても身体が大きいせいで、常にというわけにはいかないにしても、だ。

「ま、大将は今は調べ物ですし、自分よか今は錦《にしき》のほうがそばにいるのに役に立つわけで……まあ、別に、喧嘩はしてねえんですが、このままいくと、そうなる可能性もあるかもしれやせんな」

珠の言葉に、何となく、八城と芹は互いに顔を見合わせる。

そのまま、太陽が中天を過ぎつつある田舎道を、車を置いた商店目指して歩き始めた。

時折、山のほうから「かずくーん」と呼びかける声が聞こえてくる。辻《つじ》で、足を止めて地図に何か印をつけて眉間に皺《しわ》を寄せている老人たちとすれ違った。

舗装しきれていないやや斜めの道は、車のタイヤ跡どおりに二本溝が掘られたようになっていて、やや歩きにくい。削らず取り残されたような道の中央には丈夫な雑草が生えていて、その場所を歩こうとすると子供の頃、横断歩道の白い部分だけを踏んで歩こうとした稚気を思い出させる。

捜索隊の人たちや、村の人々が忙しく通りすがる士野白小中学校周辺から離れ、少し広めの舗装された道へと出た瞬間、芹と八城は周囲を一瞬だけ窺《うかが》い、同時に数歩後からついてくる珠を同時に振り返った。そして、同じ言葉を投げつける。

「そりゃそうでしょ！」

期せずしてハモッた言葉に、泰然自若とした白虎の青年が珍しく目を白黒させているように見えた。

「皇臥はよく我慢してると思うな、わたし」

「ケンカになるとか、オレマジで意味わかんねーんだけど」

芹と八城に同時に非難めいた言葉を吐かれると、少し困ったように青年姿の式神は、白虎の耳と尻尾だけを器用に現し、てろんとしょげさせる。

「珠。それはそれで可愛《かわい》いけど、それで、誤魔化されたりしないからね」

「いやまあ。別に誤魔化してるんじゃなくて、単なる感情表現かも知《し》んねーっすけどね。

ていうか……なんで、腕、師匠に治してもらわねえんす？　それのことっしょ？　気付いてないと思ってんなら、それはそれで一番側にいる式神が、師匠をバカにしてるってことじゃねえっすか？」

「いや、珠が喧嘩になるかもって言ってる時点で、珠は、皇臥がケガに気が付いてるって知ってると思う。ていうか、八城くんも気付いてたんだね」

八城の視線は、じっと珠の右腕に注がれている。

彼が以前、垣間見《かいまみ》た珠の袖下の腕には、ひびが入っていた。

「前に、車で同行した時に、見たんすよ。師匠に内緒ってことでしたけど」

「……あー。わたしは、直接は見てないんだよね、実は。でも、お義母《かあ》さんが気が付いてた。そこは、年の功なのかなあ」

往来で、振り返ったまま白虎を糾弾していては、通りすがりの人に変な目で見られる。

そう判断して、北御門家の契約嫁と弟子は、肩を並べるようにして歩みを取り戻す。

ちょっと、あっけにとられたようなぽかんとした表情でしばし取り残されかけていた白虎の青年が、先ほどよりもさらに数歩遅れて、ついていく。

気付けば、芹の足許《あしもと》を亀と蛇が一緒に並んでいた。言いつけ通りちゃんと、声の聞こえる場所にはいたらしい。

青く澄んだ空を見上げながら、色濃く影を刻み歩く己の主の伴侶と、弟子の背中を眺めながら、白虎の青年は、少し困ったような、呆《ほう》けたような表情で見つめて――そして、くしゃりと、表情を笑み崩れさせた。

「皇臥が、身内に甘い性格だってことは、珠が知らないわけないでしょ。式神のエキスパートだっていう部分は、唯一皇臥自身が胸張って自信を持てるところなのに」

「なのに、自分の一番側にいる式神に傷が入ったまま、ってのは、すげえプライド傷つくんじゃねえの？」

「それより心配でしょうがないんじゃないかなあ。だから、さっきも珠の山歩きを止めたんでしょ」

珠の前を歩きながら、いつもよりも少しボリューム大きめの声で話すのは、ちゃんと珠へと聞こえるようにだろう。一瞬ちらりと視線で振り返る二人の姿は、式神と契約する北御門の家人によくみられる仕草だ。

それを後方の変わらぬ距離で眺めやり、白虎は口唇に浮かべた笑みに、淡い苦みと深みを増した。

ばりばりと、白と黒の入り交じったような髪を指で掻《か》きまわし、考え込むように空を見上げる。視界の端では「岩見商店」を見つけて、少し足を速める芹と八城の背中が見えた。

芹は手の中に、くるくると車のキィを回している。

「おくがたーぁ」

やや腑抜《ふぬ》けたような声音で、珠が芹へと呼びかける。

「折角なんで……ちぃと、駄弁《だべ》りやせんかね？」

にぃ、と歯を剝《む》くようにして笑う表情は、やや少年めいていて、呼びかけに振り返った芹は一瞬戸惑った。

「大将にゃ、ナイショで」

片目を閉じての茶目っ気たっぷりの誘いに、傍らの八城のほうが先に反応した。芹が指に引っ掛けていた北御門家の軽のキィを、まるですり取るような早業で奪ってしまう。

「車、オレに任してください。荷物も、オレだけで十分っすよ。もともと、運ぶのはオレと貴緒さんの泊まり道具が主なんで。新島さんの家も学校の位置もわかりましたし問題ねえっす」

珠へと束《つか》の間目《ま》線を移し、じゃあとばかりに気安く八城が芹と皇臥が乗ってきた軽自動車へと滑り込んでいく。先に軽を運ばれては、残されたミニバンを芹がどうこうするのも躊躇《ためら》われ、結局店先で取り残されてしまうことになった。

遠くで、行方不明になった少年へと呼びかける声と、鳥の鳴きかわす声が入り交じって届く。

本来なら、のどかな田舎の風景だったのだろう一角、芹はほのかに軽が吐き出す排ガスの臭いに小さく噎《む》せこみ、白虎の奇妙な誘いに応じることにした。

2

白虎の青年は、商店の向かい側の畑へと降りる土手に、腰を下ろしていた。何となく奇妙な気まずさが生じるのを感じたが、それはどうやら芹だけのようだ。

「考えてみると、奥方と腰を据えてタイマンで話すことって、ほぼなかったなあって思いましてね」

土手で足を伸ばしながら、珠は芹を振り返って笑う。

つられたように、芹も急斜面になった土手へと足を進め、珠の傍らに、地面が濡《ぬ》れていないかを気にしてから、座った。

目の前の畑で、護里と祈里が楽しそうにくるくると追いかけっこをしていたが、時折護里が何かを気にするように足を止めて、畑の真ん中を怪訝《けげん》そうに見遣《みや》っている。

——……中年の男が尻から下は土に埋まったまま、日向ぼっこしてましたし。

などという先ほどの八城の言葉を思い出したが、芹には何も見えないのでなにも聞かなかったことにして記憶から削除することにした。

「まあ。基本的に珠は皇臥とずっと一緒にいるもんね」

珠が、皇臥のボディガードのようなものでずっと昔から契約しているのだと、芹も聞かされている。

「――……奥方は、どこで、いなくなった大事な人のことを、覚えてますかねえ？」

雑草が揺れる音。初夏の空気の中、羽虫が飛んでくるやや耳障りな羽音に耳を傾けていた芹へと、唐突に珠が問いかけた。突拍子なく思えた質問、しかし隣に座る式神は、これまでになく真剣な表情に思えた。

いや、口許《くちもと》はわずかに笑んでいる。

それでも、何かを押し隠しているように芹には感じられた。

「どこ？　どういう意味？」

「ここ、すよね？」

芹が問いの意味を聞く前に、長い腕が伸びて、人差し指がトンと軽く芹の額を押した。

ああ。そういう意味かと何となく察する。

「まあ、普通に脳みそだよね。……そういう意味でいい？」

「そ。でも、自分ら式神はね、ちがうんでさあ」

額を押した指、伸びた腕に和装の袖がわずかにまくれて、人と何ら変わらない筋張った筋肉質の腕に、ひびが入っている。痣《あざ》でも、怪我《けが》でもない。まるで年季の入った陶器のようにひび割れているのだ。

史緒佳《しおか》から、珠が腕にひびを入れていると聞かされてはいたが——それでも、こうして目にするのは初めてで、芹は息を呑《の》んで、そのひびから目が離せなくなった。

「自分ら北御門の式神は、大将が呼んでる雛型《ひながた》……まあ、わかりやすく言うと白虎になる核のようなもの以外は、全体が記憶媒体のようなものでして。あちこちに、今までの経験や学習が書き込まれるわけなんでさぁ。そこが損傷すると、記憶と学習が欠けちまう」

ごろん、と大きな身体を土手に倒すと、それだけで上下いっぱいいっぱいになるほどのささやかな斜面で、白虎は手足を大きく伸ばす。

芹は語られる言葉を少し不思議な気持ちで聞いていた。

北御門家の十二天将。強力な守りである式神たち——その玄武とは、芹も契約をしている。しかし、それがどんな存在であるのかは、あまり考えたことがなかった。

人と違う。

それはわかっていたはずなのだが、それでもその本人から、その差異を聞かされるのは興味深くもあり、また深く立ち入っていいことなのかと惑いも生じる。

「自分は、護里祈里や、錦と違って……今の大将のじいさん。三代前の北御門当主に作られた式神でしてね。そいつは、ご存じでしょ？」

「あ、うん。それは聞いたことがある。珠は、今の十二天将の中では、中堅よりもちょい古株……なんだっけ。子供の頃に、皇臥と契約したって教えてくれたじゃない」

珠の隣で、芹も足を伸ばした。さすがに、真似《まね》して転がるほどには無邪気にはなれない。というか、時々不審げにこちらを見る人がいて「この村の住人である新島厳美の客人である」と説明する必要に迫られるのだ。

今の村の状況では仕方がないとわかっているのだが、いちいち立ち上がって身分証明しなければならないというのはなかなか面倒くさくもあり、見えないのをいいことにのんびりと寝転がったままの白虎がいささか恨めしい。

「で、それって……もしかして、その腕の怪我、治すのに関係ある？」

いささか不躾《ぶしつけ》ではあるが、ストレートに白虎へと問いかけた。

大柄の青年姿の式神は、あっさりと首を縦に振った。

「回りくどくてすいませんねえ。奥方。んでも、自分もどこから説明するべきか。んでもって……どこまで、奥方に預けるべきかって、迷いながらなんで……勘弁して下せえ」

預ける？

その単語を芹自身も心の中で繰り返し、首を斜めに傾ける。

「ちぃと、長く。とりとめなくなるかと思いますが、よろしいですかい？」

「うん。わかった……と。待って」

珠の確認するような言葉に、芹は頷《うなず》きかけて、ふと、背後に気配を感じて振り返った。

正確には、かすかに軋《きし》むように戸が開く音がしたのだ。

背後に店を構える「岩見商店」、村の何でも屋は、先ほどまで黄ばんだ白いカーテンに遮られ、中を覗《のぞ》くことも出来なかった。そのガラス格子の合わせ戸が薄く開いている。

曇ったガラス越しに、少年——小さな男の子が、こちらを覗いていた。

祈里や護里と同じくらいの年齢の、年端も行かない子供だ。一瞬心臓が跳ねたが、少年がきょろきょろと周囲を確認するように見て、するりと薄く開いた隙間から外へとすり抜けると、芹へと近づいてきた。

「え、と……あー、お店の人、いたんだ」

そういえば。

新島さんは、岩見商店のご主人が、10年ぶりに店を閉めて孫に会いに行っていると言っていた気がする。

孫が会いに来ていた、だったのだろうか。

「ん。つまらないものですが」

少年が、芹へとアイスキャンディを袋ごと一本、突き付けた。

つやつやの黒髪に、少し目の色が薄く感じられる整った顔立ちの男の子だった。薄青のシャツには丁寧にアイロンがあてられているようで、折り目がくっきりとついている。

「暑いから、ばあばが持ってけって。お店しまってるし」

「え」

「ないしょ」

半ば強引に、芹へと押し付けるように握らせ、少年はくるりと背を向けて、店の戸の隙間へと滑り込むように駆け戻ってしまった。

「ありがとう」

そう声をかけた芹の声が聞こえたかどうかはわからない、少年が扉を閉める瞬間、ほっそりとした老婦人が孫を迎えるように店奥で微笑《ほほえ》んでいて、一瞬だけ芹と目が合い、互いに笑い合って会釈をした。男の子も、ちょっとだけ芹に手を振る。

店の戸は、そのままぱたりと閉ざされた。

「……もらっちゃった。珠、食べる？」

「自分が食ったら、当然護里と祈里も欲しがるでしょ。そうなると奥方の分がなくなりますぜ」

何となく、話の腰を折られた形になりながら、芹は男の子からもらった棒付きのアイスキャンディを袋から出した。薄青のソーダ味だ。畑に生えた雑草を摘んだり、畦《あぜ》で跳ねるバッタを追いかけたりしていた玄武の双子に、気付けば期待の眼差《まなざ》しで両脇から覗き込まれることになっている。

「――……自分ら式神にも、何となくではあるんですが、手前の作り主に『親』のような感情をいだくもんでしてね」

結局、祈里と護里に一口ずつアイスの味見を許し、自分でも一口齧《かじ》ったところに、珠がのんびりと口を開いた。

「そういう意味では、自分の親は、今の大将というより享慈《きょうじ》……えーと、三代前の北御門当主で大将のじいさんでして。作成者と式神は、結構深くつながるもんでしてね、どうしても思い入れはひとしおになっちまう」

ちらりと横目に窺《うかが》うと、珠はやや情けなさそうに眉を下げている。そういった表情も人間臭くて、先ほど腕のありえないひびを見た直後なだけに、奇妙な心地になってしまう。

「まあ……それは、想像だけだけど……わからなくもない、のかなあ」

自身の身に照らし合わせるのは違うのかもしれないが、芹としても育ててくれた親戚たちに感謝しているし、いつか恩を返したいと思うし、今の義母である史緒佳は大好きだが亡くした両親に向ける情はまた別だ。

「でもってね。自分たちの……北御門流の式神の疵《きず》を治すってのは、このひび周辺の部分を『享慈』製から、大将……『皇臥』製へと入れ替えるってことに等しくてね。それは別に悪いことじゃないんでさあ。大将とのつながりがさらに強くなるし、式神遣いの天才といっていい大将の手で補強されるってことですから、さらに白虎としても強化されるって確実なんで、望むところでもある」

そこで、珠は、一度言葉を切った。

困ったような、迷うような表情の色合いがさらに強くなったように、芹には見えた。

言葉を促すのも無粋な気がして、もらった言葉の断片を繋《つな》ごうとして——ふと、ぱちりとジグソーパズルの断片がハマったような感覚が芽生える。

「……珠の、大好きだったおじいさんの、親同然の人との記憶が、消える？　皇臥と繋がった分だけ？」

「奥方ホントに、察しいいすわ」

身体《からだ》に刻まれる記憶と経験。

傷ついた部分を置き換える、という治療であり、補強。

芹の言葉に大笑した珠の表情は、いつもの飄々《ひょうひょう》としたものではなく淋《さみ》しさと、己のその感情を嘲笑《あざわら》うような複雑な色合いが浮かんでいるように見えた。

「——……あの。珠、ごめん！」

思わず背筋を伸ばし、隣に座る白虎へと正座をして頭を下げようとして、急斜面に身体が転がりそうになり慌てて駆け寄ってきた護里と祈里に支えられることになる。

「わたし、無神経だった。皇臥の側からしか、斟酌《しんしゃく》できてなかった。珠が壊れたままなの、皇臥は心配だし一刻も早く治してあげたいに決まってるって、そっち側の考えばっかりで……珠の事情、わかってなかった」

「いや。人は、式神に傾倒し過ぎちゃいけねえ」

珠は、土手を畑まで転がりそうになっている芹と、それを支えようとわたわたしている双子たちを見て、からりと笑う。

「式神としての役割が全うできねえのは、それは……一番、ダメなことなんすよ。それがわかってるのに、大将から何も言われねえのをいいことに、自分が、女々しくぐだぐだしちまった。あ、女々しいなんて昨今言っちゃダメでしたっけ？　奥方見てたら、確かに、そりゃちがうわって思っちまいましたがね。むしろ、北御門家、女つえー」

和装のたっぷりとした袖に隠れていた右の片腕を肘まで捲《まく》り上《あ》げて、珠は初めて自分から己の損傷部分を晒《さら》す。

「自分の身体のどこに、どんな記憶を刻んでるか手前でもわかんねえんで……もし、ここにって考えたら。もちろん、日常のちょっとした積み重ねかも知《し》んねえし、先々代……祷《とう》守《ま》のことかもしれねえ。先代の史朗《しろう》のことって可能性だってある。あ。貴緒のことなら、多少のことは忘れてもいい」

「それは迷う。珠、悪くない。いや、えっと……式神としては良くないのかもだけど、わたしだって……皇臥から返してもらったアルバムの写真、家族の思い出がランダムで何か消えると考えたら、いやだ。頭の中から、大切な何かを忘れるかもしれないって思ったら、躊躇《ためら》う」

しっかりと両脇から支えるふりをして抱き着いてくる双子たちを抱きしめながら、芹は珠の逡巡《しゅんじゅん》に理解を示した。

今までの自分、その中から記憶が欠ける……もちろん、芹にも、思い出したくはない記憶はある。

忘れてしまいたい苦しい記憶や、ただ単に恥ずかしくて二度と思い出したくない思春期の記憶もある。それこそ思い出して、ごろごろと転がって奇声を上げたくなるような。

けれど、それでさえ完全抹消したいかと問われれば、また別なのだ。

消えた記憶の価値さえ思い出せなくなる――いい記憶も、悪い記憶も、問わず消えると思えば怖い。

「今までは、ホラ、うちの大将へタレでヤバい案件に関わってこなかったでしょ、自分が損傷受けるの、大将についてから初めてなんでさあ。5年前のいざこざの時も、大将が大学生で、北御門の外で暮らしてて、それにくっついてったから自分も関わらなかったし。何十年か前の享慈のお付き時代は色々やんちゃしましたけど、作成者本人の修復だとなんも変化ねえし、祷守の代でも修復が必要なほど壊れるような荒事はなかったわけで」

軽やかに笑いながら、白虎の青年はひらひらと手を振っている。

「あ。伊周《これちか》ほどに古い式神になるとね。もう、割と気にならねえらしいんすよ、これが。覚えていても面倒な部分もあるなんて、嘯《うそぶ》いたりもしてやしたが――そう思うと自分もまだまだ青い、成熟しきってねえなあなんて思ったりもしましてね。作成者の……史朗の記憶が消えるのが嫌で、身体中に負った損傷埋めたくなくて寝たまま起きてこない十二天将がいたりもするんすけど、そいつのサボタージュを笑えねえって気づいちまった」

芹に自身の物思いを語っているように見えて、むしろ独り言を吐いているような白虎の横顔を、芹は黙って見遣《みや》るしかない。

「――……北御門ってなあ、えぐい家なんすよ」

軽やかだった珠の声音が、一転、深く沈んだ。

斜面に寝転がった大柄の青年姿は、この時目線だけ芹へと向けて、無機質な瞳に青い空とともに彼女を映す。

その表情に、芹は息を呑《の》んだ。

「まあ、ほの暗い部分の時折垣間《かいま》見《み》える家だなってのは、そう思う」

「三代前の当主・北御門享慈――北御門皇臥の祖父《じい》さんの話は、奥方も断片的に聞いたことがあるんじゃねえすか？」

「甲斐性《かいしょう》あり過ぎな、皇臥のお祖父ちゃん？　……あ」

ちょこちょこと為人《ひととなり》の断片だけを聞いてはいて、あまり好意の持てない感じの人だろうと勝手な先入観があった芹だが、よく考えれば珠の作成者であり、珠は何よりその彼の記憶を失《な》くすことを恐れているのだと思い至り、つい反射的に口にしてから後悔した。しかし、珠は笑いながら頷いている。

「そ。女を泣かせるろくでなし」

悪し様に言うのも悪い気がして、つい滑った自身の口を塞ごうとしたが、珠はあっさりとその評価を肯定してしまう。

気持ちよさそうに寝そべった白虎の青年が、ゆっくりと身を起こした。「よいしょ」と呟《つぶや》く人間臭さは、本当に彼が作り物の存在なのかと、今更ながら芹は疑いそうになる。

それは、畑に迷い込んできた首輪つきの雑種犬を追いかけ始めている護里と祈里に対しても同じだ。

「北御門が、北御門たる所以《ゆえん》──芯は、何だと思いやすか？　奥方」

静かな、ゆったりとした口調で身体を起こし、一瞬青年姿が揺らぐと、そこに立っているのは大きな白い虎だった。

「北御門の、ゆえん？」

「陰陽道《おんみょうどう》の技？　コネクション？　知識？　歴史？　ぶっちゃけたこと言えば、全部違う。北御門の北御門である所以は──自分ら、十二天将なんです」

へっへっへ、と犬の息遣いが聞こえてくる。

護里と祈里が、迷い込んできた雑種犬を捕獲してじゃれ合っているのだ。

だが、何故《なぜ》だろう。護里と祈里、玄武たちは犬を撫《な》でながら、じっと真顔で息を殺すように珠を見ていた。

なぜか、芹の背にぞくりと小さな寒気が伝う。

「北御門の主は、自分ら十二天将が選ぶんでさあ。天将どもに認められなきゃ、どんなに優秀でも北御門の当主にはなれない。だから、大将は当主として選ばれ、優秀でも貴緒は選ばれねえ。そんでもって、一番重要なのは……続いてきた、当主からの血の濃さが優先される。開祖じゃなく、当主の」

　土手に座ったままの芹の正面に、白さの際立つ虎が立っていた。

　ごく自然と、視線の高さが近い位置に来ている。

　彼の紡ぐ真面目な声音に、冗談の色は一片も混じらない。

「まあ……古い家だし、そういう部分はあるのかなとは思う」

「この場合、開祖の血じゃなく、現当主からの血の濃さってのが重要《キモ》でしてね。天将たちは自然と、次代の当主には式神使いの才と同時に、当主との血の近さを優先して選ぶんですよ。例外がなければ、両親が同じ当主の兄弟が一番、いわゆる遺伝的には一番近いせいでしょうね。その次が、親や子供って順。たまに、遡ることはあっても、絶対に北御門当主の血統から選ばれるんですわ。でも、兄弟で継いでいっても後に続かないから、直系の子供が優先される」

「んー。そうなると、当主ってプレッシャー大変だね。絶対に子供いないとダメってことでしょ？」

　なるほど。出会った時に、皇臥が周囲から結婚についての重圧がひどいと言っていたことを思い出す。そういえば、以前は親族から結婚のお披露目をしろという催促が激しかったらしいが、今はどうなっているのだろうか——などと、頭の隅で、芹は小さく疑問が浮かんだ。あまりにささやかな疑問で、すぐに珠の言葉へと意識は傾いて、淡い泡のように消えてしまったが。

「そ。なんで、基本的に当主は結婚して、子供ができてからその座を継ぐんですわ」

「皇臥は、もう継いでるよ？」

「祷守が死んで、次は弟の武人《たけひと》か、その息子の三兄弟かって揉《も》めましたけどね。その時継いだ史朗も、結婚はしてなかったす。早く結婚して子供をってのは、北御門当主にとっては、最優先事項でして。でもまあ男兄弟三人だし、史朗が独身貫いちまってもその弟たちが……って打算もありましたしね。万が一の時は、薙子《なぎこ》を呼び戻すかと……ああ、いいや、それはまた別の話で」

夕木《ゆうき》薙子。今回の仕事を持ってきてくれた元内弟子の女性だが、皇臥の兄といい感じだったのではないか——そんな疑惑を、こっそりと芹は抱いたことがある。

「まあ、なんというか……子供が、大事なんだなあというのは、わかった」

もごもごと、芹は何となく言いにくさを感じながらも、ぎこちなく理解を示す。

偏見かもしれないが、古い家系というのはそういった因習があるものだろうし、北御門家は陰陽道や人ならざる者に深くかかわる家なのだから、現代では理不尽と思える様々な習わしもあるのだろう。

長く続くという家系というものは大変だと、芹はどことなく他人事《ひとごと》のように考えるしかない。

少し暑いくらいの陽光の中、少し溶け始めたアイスを、一口齧《かじ》った。

キンとくる冷たさと甘さが、口の中に広がる。ありふれたソーダ味に感じる平凡に安心感が染みた。

「――……だからね。享慈の初恋は……祷守が生まれた後なんすよ」

ぽつり。

白虎は、低い声で内緒話のように芹へと囁《ささや》く。

その言葉は、多分、畑で遊んでいる護里と祈里には聞こえていない。それでも、玄武たちが奇妙に窺《うかが》うように耳をそばだてている気配は、芹に伝わる。

芹は、初めて玄武たちに小さな違和感を覚えた。

――監視、している？

何を？

そう疑問を持ちかける気持ちとは別に、もう一度目の前の珠の言葉を反芻《はんすう》するように頭の中で意味を考え――ハッとする。

「あれ？　それって……えっと……結婚してからって……こと？」

「そ。最低でしょ？　享慈のやつ、嫁と物心つく歳の息子がいて、まったく別の女に初恋しやがったんでさあ」

「……あ。何か聞いたことあるぞ。皇臥のお祖母《ばあ》さん、お祖父さんの初恋の人の名前だからって、桜を嫌ってた……」

芹はこめかみに指をあて、記憶を探る。

北御門家に桜の木が植えられていない理由だ。

くだらない理由に笑ってしまったが、結婚して、しかも子供が生まれての後に初恋とか聞かされれば、芹としても反発を強く感じる。それが表情に出てしまったのだろう、珠が目の前で大爆笑した。

虎の大爆笑に、雑種犬と遊んでいた双子たちも、びくっとしたようだ。

「そーそー。ホント、最悪。どうしようもねーやつでしょ？　アホでしかない。顔だけは良かったんで、女にモテまくりで、色々と遊んでたけど次期当主としてはわきまえてるやつだと、思ってたんすわ。マジで倫理的にダメダメっす――……んでも、ね」

白虎は笑いながら悪し様に罵っているが、数十年前の価値観ではもしかして、そこまで悪く言われることではなかったのだろうか。あまりそういったどろどろとした部分に想《おも》いを馳《は》せたことのない芹としては、すっきりとしないもやもやが生じる。

「んでも、享慈は……苦しんでた。自分でどうしようもない感情に振り回されるのは初めてで、それを殺そうとして、でも抑えきれなくて――……大人になってからの熱病ってのは厄介すよね。しかも、27で、相手は15歳の女の子ですぜ！」

「その当時の価値観はわかんないけど、今の価値観としてはお祖父ちゃん最悪だと思う！」

遠慮なく、芹は三代前の当主につっこんだ。それにも、白虎は反発することなく何度も深く頷《うなず》き返している。

「でしょー！　享慈の奥方、茜《あかね》さんは北御門家が選んだ、3歳年上の身寄りのない結婚相手ってやつでね。けど、ちゃんと享慈に惚《ほ》れてた。自分の年齢の半分の女の子に張り合わなきゃいけない。享慈が桜《さくら》に走っちまえば、行き場もなくなる。生まれた祷守は身体《からだ》が弱くて、当主にはなれないかもしれない、色んな意味で追い詰められていて……自分から見ても可哀想《かわいそう》で。マジ、旦那としては、最低ランクすよ」

「……うぇえ……皇臥、自分の伴侶は何より大事にするって、お義父《とう》さんに教えられたって言ってきたけど……」

「そ。そりゃ、そんな風に苦しんで泣いてきた母親の背中を見て育った祷守は、どうしてもそうなりまさぁな」

芹は、微妙に眉間に皺《しわ》を刻む。

そして、同時に珠の思惑に首を傾《かし》げる。

珠は、多分――こんなに悪し様に、皇臥の祖父・北御門享慈をこき下ろしているのに、彼のことが好きなのだ。

表情の読めない虎がしばし青く澄んだ空を見上げ、そして、押し出すように呟いた。

「奥方……覚えておいて下せえ。自分の代わりに」

笑っているような、けれど苦みの混じった優しげな声を聴きながら、ああ、そうかと芹は話がつながったような気がした。

「ああ……そうか。預ける、って……そういうことなんだ」

珠が忘れたくない記憶。

皇臥が珠の疵《きず》を修復することによって、失われるかもしれない過去の記憶。それを彼自身が喪失することによって、なかったことになるのが珠にはつらいのだろうか。

「へい。自分は、大陰《たいいん》・律《りつ》と同時期に作られやしたが、数か月誤差があって……律は、北御門享慈が全部の気持ちに決着つけた後に生まれやした。おかげで、律は余計な気苦労も背負っちまうことになりやしたがね」

「あー……そういえば、お祖母さんと律さん、仲良くなかったんだっけ。初恋の人の姿、もとにしてるんだっけ」

そう口にしてから、あれ？　律は、小柄な老婆姿のハズ……初恋は15歳の少女、と矛盾を感じて、しかし芹はすぐにそれを呑《の》み下した。目の前で、転がった雑種犬のお腹《なか》で黒い亀が白蛇とともに埋もれている。きっと、それが答えだ。

つまり、もう一つの姿が律にもあって、それが動物姿に限らないのだとすれば——。

——くそじじ、最低。

辛《かろ》うじて、芹はその悪態を口にせずに堪えた。

無意識に、髪型が崩れることもかまわず、ばりばりと頭を掻《か》きむしって小さく唸《うな》り声をあげてしまう。いや、自身の思い違いなのかもしれないのだから、そう詰《なじ》るのは理不尽かもしれないし。

そう自身を自制して、一呼吸おいて、芹は白虎を真正面に見つめた。

「珠。わたし、何を覚えていればいい？　——……珠の思い出の一時貸金庫役、引き受けるよ」

半分欠けた、薄青のアイスを大きく齧り、咀嚼《そしゃく》して冷たい塊を飲み込んだ。

「単なる保険になることを祈るけどね」

ちがいねえ、と珠は白い虎の姿のまま、笑った。

「もう。誰も、覚えてねえんですよ。享慈は、陰陽師《おんみょうじ》としてはともかく、家庭を持つ旦那としては最低最悪だった。んでも、それでも、タラシのくせに初恋にピュアで、揺れて、動揺して、衝動に突き動かされながらでも必死に自分を律しようとしてた。その葛藤は――手前くらいは、覚えていてえ。5年前のいざこざで、式部《しきぶ》もいなくなった。もう、享慈の式神は、自分と直接享慈の苦しさを見てねえ律しか、残ってねえんです。ただの我儘《わがまま》っすけどね。あと」

式部――確か、錦の先代の十二天将・朱雀《すざく》だったと、記憶している。

その名前が出たせいだろうか、雑種犬に巻き付いていた白蛇が、一瞬、こちらへと鎌首をもたげたように見えた。

珠は、一瞬ためらうように口籠もり、再び、人の姿へと変じる。

背の高い大柄の青年の表情には照れたような、気恥ずかしいような少年めいた笑みが、浮かんでいた。

「享慈の初恋は、息子である祷守の人格にも影を落とした。先々代である祷守が、とにかく身体が弱かったってこと、聞きましたかい？」

「あ。うん。お義母《かあ》さんから……」

北御門家を出る直前に、史緒佳と話したことを思い出す。

父親である祖父そっくりの、幽玄の美の持ち主である先々代。皇臥の父であり、史緒佳の夫。

「そのころ大体、6歳くらいだったかねえ……父親が母親泣かしてきたのを覚えてたんでしょうねえ。親父《おやじ》そっくりの自分の本気の恋は、伴侶を泣かすかもしれない。理性で抑えられない行動で、傷つけるかもしれない。ただでさえ、長生きできるかわからないのに、それで大事な人を、後継ぎのために窮屈な北御門に入れてしまうわけにはいかねえって煩《はん》悶《もん》しまくって、もう、じれったくて、しょうがねえ状態になりやして」

「えっ。待って、それ、どっちかというとお義母さんから聞きたい系のお話⁉　ストップ！」

前言撤回と思わず芹は珠の言葉をぶった切ろうとして、「おせぇ」と笑われる。

「ぶち切れた史緒佳様が、高校卒業したその足で、北御門の門前に仁王立ちなさったんでさあ。卒業証書の筒、こう、マイクみたいに握りしめてね。『祷守さんのアホー！　時間がないんやったら、即行いっしょにならんとあかんやないの！　ちょっとでも、一緒に時間作ること考えんかぁあああ！　うちのこと好きなくせに、何が自分の好きなようにしたら傷つけるやの。理性利きまくりやないかぁあああ！』」

「高校卒業！　お義母さん、思い切り良すぎ！　そして、逆プロポーズ漢前《おとこまえ》すぎる！」

北御門家の門前。

珠の物真似《ものまね》に、芹もはっきりと思い出せる場所で、あの写真の少女がそんなシャウトしたのかと照らし合わせるように想像し、唖然《あぜん》としてしまった。

お義母さんらしいというか、らしくないというべきか。恋バナなどほとんどしてくれなかった照れ屋な史緒佳から想像できない大胆さに思えた。

「そ、まさしく逆プロポーズでして。『うちはちょっとやそっとじゃ傷つきまへんよって。安心して、娶《めと》りやす』て、イイ笑顔で堂々と胸張ってらしたんですわ」

「もっと。もっと頂戴、そういうの」

多分。そんな詳細な言葉の一つ一つは、この先もきっと義母は話してくれないだろう。

芹はさっくりと手のひらを返し、珠に史緒佳の恋バナを解禁した。

史緒佳だけが覚えていたい記憶かもしれないが、珠が預けたい記憶でもあるのだから、しょうがない。そう自分を正当化して、好奇心を優先させる。その前のめりな姿勢には、さすがの珠もたじろぎ気味だ。

「奥方、アグレッシブすぎますぜ」

「お義母さんとお義父さんの若い頃の写真見たばっかりだから、余計に想像できてつい」

「——とはいえ、まあ……史緒佳様は、その後色々と苦労なさることになったわけですが。史緒佳様には、ご血縁が多いっすから、北御門の縁者が反対の声を上げましてね」

苦笑しながら、珠はどうどうと暴れ馬を宥《なだ》めるように、芹の肩を軽く叩《たた》く。

「お義母さんの血縁が多いことに、何か問題があるの？」

親戚が多いというのは、心強いことではないだろうかと、芹は不思議に思う。もちろん、面倒も多いのかもしれないが、芹自身、多くの親戚の手によって育てられたこともあり、つい疑問に思ってしまった。

珠が、その他愛無い質問に、わずかに顔を顰《しか》めた。

「奥方。……北御門が北御門である所以《ゆえん》は、十二天将って話をしましたよね。それを継ぐためには当主の血の濃さが優先されるって」

「あ、うん」

思いがけず真面目な口調で、諭すように言われ、芹は史緒佳の恋バナに緩みかけていた感情を引き締める。多分、きっと、それは大事な部分なのだ。

「当主が、子供をこさえる。そして、その子が北御門当主を継ぐ——その時、両親の血は、等分に、『当主』の資格を得るんです。つまり、祷守が当主の時には、史緒佳様の実家にはなかった資格が、二人の血を継いだ史朗、貴緒、佳希《よしき》、三人の子の誰かが継いで当主になった瞬間、その伴侶の実家の血にも、北御門当主の資格が生じるんです」

芹は、瞬きをして、言葉の意味を考える。

「つまり、えっと……喩《たと》え話として、わたしと皇臥の間に子供ができたとして。あ、喩え話として！　……その場合、生まれた子供が当主になったら、うちの親戚……野崎《のざき》の親戚に、資格ができちゃう？　え？　当主の……皇臥の結婚って、北御門的に重大事じゃない？」

自分に理解できるように、芹は自分の場合に照らし合わせて確認し、なぜか、頬が赤くなるのを感じた。子供――考えたことはないが、結婚すれば、そういうことなのだ。

珠が、芹の目の前で大きくゆっくりと深く頷いた。

「重大事でさあ。とはいえ、この場合は相当の近い血縁じゃねえと。そんでもって、継ぐ相手にかなりの式神との親和性がないと……しんどいでしょうけど、可能性は皆無じゃねえ。で。ここで、北御門一族が抱く危惧について一点」

そう言いながら、珠は芹の目の前に指を一本立てた。

「奥方、けっこう式神に好かれてるでしょ、護里祈里だけじゃない。テンコも錦も、奥方のことは、それぞれ好いてます。で、大将と子供こさえて、その子が継いで、で……もしも、大将と子供に何かあったら――」

飛躍した考えだ。

聞いていると、少し落ち着かない気分になる。けれど、その珠の言葉の重圧を芹はおいそれと茶化せない。

「その時、子供から遡って、北御門の血を一滴も継いでない、はずの奥方が……北御門十二天将に選ばれて、主となる可能性があるんでさあ。現在資格に一番近い武人は、奥方の子の代になれば、かなり遠い血になりますんで優先順位が下がります。もしそうなると、北御門十二天将じゃなく、野崎十二天将となりますかねえ。ま、ぶっちゃけ、お家《いえ》乗っ取り。北御門を、北御門として成り立たせることができなくなる。そのまま、野崎の血筋だけで、自分たち式神が継がれていくことになるかもしれない」

「…………」

しばし、言葉を返せなかった。

北御門一門的に、当主の花嫁というのは、大きな意味があったのだと今更ながら知らされることになったのだ。

花嫁は、ともすれば北御門を壊す可能性をも秘めた――外から来た異端、鬼嫁となる。

皇臥は、そんなこと一言も、教えてはくれなかった。もちろん、契約結婚という事情もあるし、そんな深い部分に踏み込ませる必要などないと思っていたのかもしれない。

しかし、知れば、北御門の一門がうるさいことにも納得ができる。

「史朗と大将が当主を継いだ時点で、史緒佳様のご実家には、他の呪術的な家が近づかないか北御門は今でもアンテナ張ってるはずです。面倒くさいでしょ。そういう事情もあって、北御門当主の配偶者は、一門からか……身寄りのない、血縁の薄い人を選ぶんでさあ。当主の意思は、わりと関係なしの場合も多い。享慈の時のように」

一昔前……いやふた昔前には、お見合い結婚など、珍しくもなんともなかったはずだ。初めから、恋愛的な気持ちがなくとも、機会と縁を得て育っていく感情というものはあるだろう。

だからそのこと自体は、悪いことだと芹も思わないが——最初から、逃げ場なく決められているとしたら、それは息苦しいに違いない。それは現代の感性だからだろうか。

「だからね」

考えこんでしまった芹に、一転、珠は朗らかに笑いかけた。

初夏の青空を背に、白黒斑《まだら》の髪の青年は、屈託なく少年のように、満面の笑みだった。

「奥方、自分がどんなに嬉《うれ》しかったか——そいつを、覚えといてほしいんでさあ。享慈の恋に歪《ゆが》められちまった祷守が、ちゃんと北御門のお歴々の顔色窺《うかが》わずに、史緒佳様の手をとれたように。その息子……佳希も、自分の選んだ相手を、自分の意志で、嫁として連れてきた」

　やや懐かしげに、珠は低い声で噛《か》み締《し》めるように語る。視線がさらに遠く、ここにない景色を思い起こすように柔らかく和んだ。

「あの、北御門家に通じる夕暮れの山道で、初めて奥方を大将に紹介された時、自分が……北御門十二天将・白虎である珠が、本当に、心の底から嬉しかったんだって。そのことを、覚えといてくだせえ」

　珠が深く、つむじが見えるほどに深々と、頭を下げた。

　芹の胸が、ずきりと痛む。

　自分と皇臥が、契約結婚の間柄だということを——知らないはずはない。騙《だま》しているわけではない、黙っているわけでもない。なにしろ婚姻における肉体関係云々《うんぬん》について、彼と話をしたこともある。

「珠……」

　それを指摘しようとした芹の言葉を遮るように、ぱっと、頭を下げていた珠が顔を跳ね上げた。はずが、目線が上がらない。そのままま白虎のカタチへと変じている。それで、今までの話を、ちゃんと芹に表情隠さず赤裸々に伝えてくれたかったのだと、芹は珠の真意にわずかなりとも触れた気がした。

彼にとって、きっと大切なことだったのだ。

「じゃ、自分。ちょっくら、大将んところに走ってきますわ。決心揺らがねえうちに、北御門に帰ったら自分のこと修理してくれって。今なら、どこが欠けても、安心なんで」

虎の姿のままでもわかる笑みでそう伝え、珠は踵《きびす》を返《かえ》そうとする、その背中へと芹は少し慌てて声をかけた。

「うん。きっと、皇臥は待ってると思う。……というか、修理はすぐに始めるんじゃないかな」

訝《いぶか》しげに振り返った珠に、小さく手を振りながら芹は、ここに来る前の準備の忙しい最中に、皇臥が「白虎」と札の張られた古い箱をせかせかと運んでいたのを見かけている。

きっと、皇臥は珠の心情を察して、待っているのだ。

いつでも、修理できるように準備を整えながら。

まっすぐに、遮るものなく延びる田舎道を、一瞬、照れたように表情をくしゃりと歪ませ、虎が駆け出した。

早い。あっという間に、その姿は小さくなる。

少し、前脚を庇《かば》っているように見えなくもないが、それでも力強い走りだった。

その背が見えなくなるまで見送って、芹は背を伸ばし周囲を改めてゆっくりと見回した。

アイスをくれた店を見上げると、二階のカーテンがわずかに揺らぎ、先ほど店先に孫らしき男の子を迎えていた老婦人が垣間見《かいまみ》えて、小さく会釈をする。

それに気づいたのだろう、老婦人は深い皺《しわ》の刻まれた目許《めもと》を微笑《ほほえ》ませ、会釈を返してくれた。

あの人が、士野白村の古い話をよく知る岩見商店の「さっちゃん」さんなら、あとで話を聞きに来るのもいいかもしれない。

「せりさま」

気付けば、玄武の双子が芹の傍《そば》に佇《たたず》んでいた。

一緒に戯れていた犬は、畑の一角を一心不乱に掘り返している。護里はそれを指さして。

「つれてかえっちゃだめですか？」

「だーめ。ていうか、ちゃんと立派な首輪してるじゃない。こんな長閑《のどか》な場所だから、外に放してるのかな」

何を掘っているのかは考えないことにして、芹は斜面に広がる村の全景を見渡した。こんもりとした緑の木々があちこちに茂り、村を押し包む。道の端には、様々な石像や地蔵、石塔が立っている。

その光景を見ながら、ふと、芹は小さな違和感を覚えた。

「見える場所に、竹林ってないんだね。この村」

周辺に常緑樹が逞《たくま》しく生い茂っているが、斜めになった村の目立った場所には、目立つだろう竹林は存在していないようだ。

この村では、昔から竹馬などが遊びの主流だったと聞いたはずだ。実際、学校の作業スペースにも中途に放り出されていた竹細工が置かれていた。

「どこからか輸入……じゃないや、えーと、取り寄せてたのかな。子供の遊びのために、わざわざ？」

あとで詳しい人に確認してみようと心に留めながら、芹は何となく双子の頭を撫《な》でる。

玄武の式神たちは、先ほどの芹と珠を窺《うかが》うような気配を霧散させている。気のせいだったのだろうかと、自信がなくなりそうなほど、いつもの無邪気な幼子然とした雰囲気だ。むしろ、芹の観察するような視線に、きょとんと斜めになっている。斜めになったまま、視線は芹が手にしたままのアイスの棒に注がれている。

ふと気づくと、棒には「あたり」と刻まれている。

意識していなかったが、もう一本もらえるらしい。が、さすがに好意としてもらったもので、もう一本要求するのはおこがましいので、遠慮するつもりだ。

「えーと、お店が開いたら、買いに来ようか。あ、しばらく休業なのかな。でも、お話聞きたいから、あとでお礼しに来ようね。まだちょっとお弁当残ってるから、おにぎり食べる？　たしか、八城くんの車に積ませてもらってたはずだし」

八城の、深紫色のミニバンは、店の前に駐車させてもらっている。北御門の車を置いてから、また戻ってくるだろうし、その時にお弁当を取り出してもらうくらいの手間は許されるだろう。

いい陽気だが、残ったお弁当は一応気を遣ってクーラーボックスに保冷剤と一緒に入れてるので、悪くはなっていないはずだ。夜食にするつもりだったが、式神たちが食べたいなら、それはそれで問題ない。

「きぬさやのごまあえ、のこっていますか？」

「たまごやき……」

双子たちは一方ははっきりと、もう一方はじんわりと要求してくる。夕食は新島が用意してくれるそうだが、さすがに式神たちの分までとは言いにくい。残り物で満足してくれるなら、ありがたい。

そんなことをぼんやりと考えていたところに、よく知る声が響く。

「芹ー！」

呼びかけに、反射的に振り返った。

田舎道を、早歩きと小走りの中間で近づいてくる姿があった。

皇臥だ。

軽く息を弾ませながら、真っ直《ま》ぐ《す》に近づいてくる。表情には喜びが滲《にじ》んでいるように見えて、何故《なぜ》だか、芹も気持ちがわずかに浮き立つような感覚が生じた。

「皇臥、調べもの終わったの？」

「いや、まだだ！」

堂々と宣言するようなことではないだろうと思ったが、皇臥はスピードを落とすことなく芹へと近づき、その勢いのまま芹を抱きしめる。

突然のことに、芹は目を白黒させた。ほのかな香の香りと、汗の匂い。

長い両腕がしっかりと自身を絡め取っている。しっかりとした硬さと圧力と、熱を感じて、芹は耳まで一気に血流が巡るのを感じ、慌てて距離をとろうと両腕をつっかえ棒のように伸ばす。

が、いつもならそれで解ける抱擁が、まったく緩まない。

「こ、皇臥？」

上ずった声とともに、おそるおそる見上げると、皇臥の全開の笑顔がそこにあって、息を呑《の》んだ。

瞳の中に映る自分が、滑稽なほど慌てふためいているのを、頭の一角の冷静な部分で見ていた。

「ありがとう、芹！　珠が……あの頑固者が、修復してくれって言ってきた！　自分からだ！」

今までにない近い距離から、今までにない昂奮《こうふん》具合で、皇臥は言い募る。その勢いに、芹も思わず仰《の》け反《ぞ》り気味だ。

「え、えっと……そっか」

あれからすぐに、珠は全力疾走で皇臥の許《もと》に帰り、申し出たのだろう。

芹の想像通り、皇臥はずっと珠を待っていたに違いない。

常に、自身の一番近くにいる白虎が、主人としての自身を頼ってくれるのを——。

「あいつは祖父《じい》さんの式神だから、干渉されたくない部分があるってことは、わかってた。だから、命令するのは簡単だが、そういうセンシティブな部分には触れたくなくて、ずっと黙ってたんだが……芹が、あいつに言ってくれたんだって？」

「珠が、そう言ったの？」

いつもよりも早口の皇臥の勢いにまともに口を挟む暇がなく、相槌《あいづち》が精いっぱいだったが、ようやく問い返す余裕が生じる。しかし、皇臥の腕は緩んでくれない。

山から下りてきたらしい、数人の捜索隊のグループが、にこやかに微笑んですれ違っていくのが、ちょっと、いや相当に恥ずかしい。村の人間も交じっているのだろう「おまわりさん、あれ逮捕せんでえーんかー？」「幸せ見せつけ罪とかはないですからねー。わいせつな行為でも辛《かろ》うじてないんでー」などという軽口が届いているのは、芹にだけなのだろうか。

「皇臥ストーップ！　ちょっと落ちつこ！　ね！」

今までにない距離に、真っ赤になっているのが自覚できる。

「落ち着いている！　俺は今、この上なく冷静だとも！」

「嘘《うそ》だー！」

途中から、護里と祈里がぐいぐいと二人の身体《からだ》の間に入り込んで距離を離させようとしはじめて、ようやく皇臥も芹の身体を離した。どことなく、残念そうにも見えるのは気のせいだろうか。

耳まで赤い自分の頬を押さえながら、芹は何度も深呼吸を繰り返す。きっと、北御門家の根幹にかかわる部分を聞かされた直後だから、色んな意味で過敏になっているに違いない、そう自分に言い聞かせ、気持ちを落ち着けようとする。

「皇臥、わたし珠に何も言ってないよ。本当に。ただ、聞いてただけ」

皇臥の笑みは、未《いま》だ変わらず、芹の言葉をやんわりと受け止めた。

「珠の、俺にだからこそ言えない複雑な物思いを、芹には明かしたってことだろう。正直、それはそれで悔しい部分もあるが」

主人と式神の繋《つな》がりは、ごく一般人である芹にはいまだ理解できない。それでも、身近な相手を気遣いたい気持ちも、頼ってほしい気持ちも、力になりたい気持ちも、お互いに抱き合っていることはわかった。

「珠の生みの親であるじいさんについては、北御門でも色々と複雑なんだ。わかってるからこそ、簡単に触れられなかった。——ありがとう。芹を、嫁に選んでよかった」

すでに赤い芹の頰に、さらに血が昇るのが感じられた。

その言葉は、以前にも皇臥から言われている。

けれど、その言葉の重さを今更ながらに自覚して、心臓が、ぎゅうっと搾られるような心地を味わった。緊張するような、しかし決して不快ではないが、落ち着かない。大きな声で搔《か》き消《け》してしまいたいが、また同時にもっと聞きたいと、相反しつつ共存する今までにない欲求が湧き上がる。

「もしかして、それ、わたしを無神経って言ってる!?」

「それでも、だ」

「言ってない！　芹は、式神に好かれるいい嫁だってことだ」

わざと、曲解してみせるも、皇臥はあっさりと笑顔とともにそれを正してしまう。

それを否定したくない、認められたい――嬉《うれ》しい。

今まで自分では見ないようにしてきた気持ちだ。

その衝動のままに動いていいのか、迷いながらも芹の指先が皇臥のシャツにそっと遠慮がちに絡んだ。

「芹？」

「………………も一回、言って」

もご、とはっきりとしない声音になってしまった。だから、皇臥に聞こえていたかどうかはわからない。

目の前の若い北御門家当主は、不思議そうな顔をして芹を見つめ、一拍遅れて一気に顔に血を昇らせた。きっと、今の今まで皇臥は、傍仕えの式神のことに気をとられて昂奮状態だったに違いない。冷静を取り戻して、狼狽《ろうばい》して、真っ赤になるという、珍しくプロセスのはっきりとした赤面に、思わず芹は笑い出してしまう。

「何回も、言ってくれたのに」

「こっ、こんな往来では、無理、ダッ！」

面白い。

皇臥の慌てふためきように、逆に芹のほうが冷静になる。

上ずり切った皇臥の声に、何故だろう皇臥らしくて胸の底が柔らかく引っかかれるような感覚が不思議と心地いい。

「前は人前で言ってくれてたのになー。皇臥は、衝動の人だなー。勢いがないと言えないんだなー」

わざと、残念ぶりながら、溜息《ためいき》をついて、ちらりと横目で皇臥を窺いわざと落胆の演技をして見せた。ややわざとらしいと自分でも思ったが、ゴホンと皇臥がこちらもわざとらしい咳払《せきばら》いをする。

「その、そういう真剣な話はだな、余人のいないところで……」

「せりさまーごまあえー」

「せりさま、たまごやき……」

目を伏せて冷静を取り戻そうと、もごもごと呟《つぶや》く皇臥を遮るように、玄武の双子たちの要求の声が同時に上がる。

その瞬間、残念なような、ありがたいような複雑な空気が生まれて、芹と皇臥は目を合わせて、噴き出した。

「こいつらが要求してるのは、弁当の残りか？」

「そ。新島さんに、護里ちゃんたちのご飯まで要求できないでしょ？　お弁当の残りで満足してくれるなら、早いうちに食べてもらってもいいかなって」

芹の足許《あしもと》にまとわりついておねだりしている双子たちの髪を撫《な》でる皇臥へと、芹が笑いながら答える。

いつもの、柔らかな自然な雰囲気がありがたいようで、惜しいようで、くすぐったい。

「ああ、そうだな。弁当は真咲の車だったか？　あいつ、今どこにいるんだ……キィのスペアを預かってるから、出してやる。ついでに、珠の修復用の道具も――」

荷室に色々と北御門の活動用具を載せているが、車というのは個人スペースでもあるので滅多に使用はしない。とはいえ、今回は道具と弁当の残りを取り出すために、皇臥は軽い足取りで駐車していた深紫色のミニバンのバックドアへと回る。

「芹、オレもおにぎりの残り、くれ！」

一応彼なりに気を遣って少し離れていたらしいシナモン文鳥が、羽ばたきながら芹の頭に降りる。

「いいよ、錦くんくらいのごはんなら、こっそりお夕食から分けちゃうこともできそうだけど」

「それも楽しみだけど、こんぶとおかかのおにぎり残ってたろ！」

自分の好物が残っているのは、目ざとくチェックしていたらしい。バックドアが開く音がして、皇臥がその奥を探る気配が届く。荷室に色々と積み込んでいる道具があるので、引き出すのも大変なようだ。

「いいな、芹のおにぎりか。俺も少しもらうか」

「別にいいけど……新島さんのご飯、楽しみじゃない？　残したら申し訳ないよ？」

少し籠もったような皇臥の声を聴きながら、芹は頭の上の錦を自分の指へと導く。レーダー的役割の見鬼《けんき》の錦は、大抵皇臥の目線に近い位置にいるので、肩か頭の上に陣取りたがるのだが、頭の上は髪が乱れるので、芹としてはちょっと困る。

「いいんだよ。芹の弁当は俺にとっては何よりもの御馳走《ごちそう》だ」

ばーか。

歯の浮くような言葉に、反射的にそう返そうとして、声が出なかった。

指に留まろうとした錦が、不意に急旋回をしたのだ。芹の顔を、小さな翼が叩《たた》くような不意の旋回だった。

「主！」

甲高い、朱雀《すざく》の警鐘が鳴り響く。

その反応に、芹が追い付けなかった。

舞い上がった文鳥が、ミニバンへと羽ばたく。

「主さま？」

一拍遅れて、護里が駆け出す。祈里は、芹を庇《かば》うようにその場から動かない。

「……皇臥？」

呼びかけたが、返事はない。

ミニバンのドアは無防備に開いたまま。人数分の弁当を収めていたクーラーボックスが、地面に落ちかけて横倒しになっていた。

「主さま。いません」

ミニバンの奥まで確認した護里の声がわずかに震えているのは気のせいだろうか。

「皇臥……!!」

芹の呼びかけが、まだ太陽が傾いたばかりの虚空に吸い込まれるように消える。

捜索隊の何人かが、その声に遠くで振り返った。

先ほどまで、ミニバンの収納から道具を引き出そうとしていた皇臥の姿は、その場から完全に消え失《う》せていた。

第四章　薄闇に挑む者たち

1

しばし、何が起きたのかわからなかった。

空虚にぽかんとバックドアを開いたままのミニバンを見つめ、口を開けて転がったクーラーボックスを視線で追う。

さっきまで、確かに皇臥は笑いながら車内の荷物を漁《あさ》っていたはずなのだ。

とはいえ立ち尽くして茫然《ぼうぜん》としているわけにもいかない。そうしていても状況は変わらない、むしろ悪化する。

足許から奇妙な冷えが這《は》い上り、呼吸がわずかに震えるのを自覚したが、まずは活を入れるために芹《せり》は自身の両頰を張った。

ぱん。と小気味よい音が響く。その音に玄武たちが驚いて、慌てて駆け寄ってきた。

「せりさま、たたく、だめ」

「皇臥《こうが》……？」

おろおろとしながら、しがみついて来ようとする幼女姿の式神たちに、笑って安心させてやる余裕もこの瞬間には失せているのを自覚するが、表情が強張《こわば》ったまま動かない。

皇臥が、消えてしまった。

しかも、ほんの間近で。

……これと同じ状況を、つい先ほど聞いたことがある。

あるのに、なんで同じ状況に陥ってるんだ。

内心で、おちつけ、おちつけと何度か繰り返したが、静寂を保つミニバンの車内に呼吸がどうしても震えてしまう。

「錦《にしき》くん」

うわずったような声で、芹は中空へと呼びかけた。

本当は胸元から、大きな波が吹き上がって感情のままに叫び倒したい。驚愕《きょうがく》と恐怖と心細さを吐き出してしまうように、声を上げて名前を呼びたい。

それを辛《かろ》うじて抑えきることができたのは、一緒にいる式神たちが、頼りになる心強い味方だとわかっているにせよ、自身よりもずっと小さい幼女の姿だからだ。

不安にさせたらいけない。

取り乱してはいけない。

未《いま》だ、冷静になり切れていない朱雀の式神は、バックドアの取っ手あたりに降り、また小さく羽ばたいて、ミニバンのフロアへと降りて、そして横倒しになったクーラーボックスの縁へと降りて、周囲を見回してまた小さく飛び上がると、警戒した小鳥そのものの動きを繰り返していた。

微笑《ほほえ》ましいといえる仕草だが、彼が目いっぱいに感覚を研ぎ澄ませ、主の存在を感じ取ろうとしていることが、芹には伝わる。

「……っくそ。気配消えてる。ここで、完全に見失った」

芹の呼びかけは耳に入っていたのだろう。錦はシナモン文鳥の姿のままタイヤの傍《そば》に降りて、ついばむように地面をつつく。

「こっちには、気配ねーんだ。主の気配、車の中で、ぷっつりと失せてる。車から降りてねえ」

錦は今度は大きく羽ばたき、周辺へと何度も弧を描いた。

「なのに、まるきり、主の気配がねえんだ！」

そう叫ぶ文鳥の声を聴きながら、ゆっくりと芹も車へと近づく。

ミニバンの荷台へと屈《かが》むようにして覗《のぞ》き込むと、ほんのわずかに覚えのある香りがした。

皇臥のスーツに染みた、薫香。

結局、なんという香りなのかまだ訊《き》いていなかったことを思い出す。

そんなささやかなことを心の隅で拾いあげながら、芹はできるだけ冷静に見鬼の力に特化した朱雀へと問いかけた。

「錦くん、さっき一番最初に異変に気付いたよね。何があったのか、詳しく話して」

「わかんねえ。でも、これって新島《にいじま》のおっさんが言ってた神隠しの状況とまったくおんなじだよな？　オレが感じたのは、あの瞬間……そこに、誰か来たって思った」

そこ、と紅色の小さなくちばしを向けようとして、それでは曖昧だと思ったのだろう。一度、地面へと降りたつと同時に、快活そうな赤毛の少年姿へと変わる。その指が、ミニバン内というよりもはっきりとクーラーボックスへと突き付けられた。

「え？」

「そこだって、間違いねぇよ！　主がそこに手をかけた時、誰かが……」

クーラーボックスは青の箱部分に白の蓋が付いたごくありふれたものだった。八城《やしろ》がバイト先からお古をもらったということで、サークルの活動の際に冷たい飲み物やお弁当を運ぶのに重宝しているらしい。北御門《きたみかど》家の出張祈禱《きとう》の際にもだ。

今も、横倒しになった中から、半分ほど残った烏龍茶《ウーロンチャ》のペットボトルが垣間見《かいまみ》えていた。

「ここに？」

芹は確かめるように屈みこんで、クーラーボックスを覗きこむ。それを追うように錦も箱内へと近づく。邪魔そうに残されたペットボトルの栓の下あたりへと指を引っかけ、前のシートへと放り投げた。

「錦くん、皇臥の気配はこのあたりにはないんだね？」

「ない。あの瞬間、消えた。正直、今現在どうなってんのか、無事なのかもわかんねえ。だって、オレらの主人は主だけど、その主に何かあった時って、どうなんのか……オレ、知らねえんだよ……って！　何すんだ祈里《いのり》！」

「にしき、うるさい」

車内で芹とともにクーラーボックスを睨《にら》みつけていた少年のふっくらとした頰をかすめるように、小石がかなりの勢いで飛ばされたのだ。さすがに顔面に直接被弾すればただではすまなかったと咄嗟《とっさ》に投石主へと抗議したが、無視された。のみならず護里《まもり》にまで軽く睨まれ、少年型の式神は芹の後ろへと隠れようとする。

「せりさま、ふあんにさせるの、だめです」

「そっか……祈里ちゃん護里ちゃんと錦くんは、皇臥が造った十二天将なんだよね。でも、わからない……」

そういった話をつい先ほど聞いた。

式神とその作成者の間には、いわゆる親子のような絆《きずな》がある。

それなら、護里と祈里も同じように不安なはずだろうに、自分のことを先に考えてくれているのは情けないやら申し訳ないやら複雑である。途方に暮れそうになった時、ふと脳裏に皇臥の笑う面影が過った。

「あー……」

認めたくはない心細さに、自身の弱い部分がでたかと小さく呻《うめ》いた芹は、しかしその脳裏に浮かぶ姿が似て非なる別の姿へと歪《ゆが》む。

「あ」

それを思い出した瞬間、芹はポケットに入れていたスマホを取り出した。

迷うことなく、アドレス帳から北御門家のナンバーをフリックする。

携帯ではなく、家電だ。

こちらに、応対してくれる家人は限られている。

こうして芹たちが仕事で外へと赴いている時には、史緒佳《しおか》かその守役のテンコ。

――そして。

『もしもーし。北御門でーす』

溌剌《はつらつ》とした声が、コール音を途切れさせた。

明るい、というよりややハイな状態に近い気がする皇臥の声。

「如月《きさらぎ》くん？」

『あ。芹ちゃんだ』

北御門十二天将の青竜《せいりゅう》の銘を持つ式神、如月。

皇臥が調整をさぼっているせいで若い頃の皇臥に瓜二《うりふた》つの姿を持ち、『形代《かたしろ》』の役目を担っている。

以前起きてきてから、意外と北御門家でちょくちょく顔を見せるようになった。皇臥は「はよ寝てしまえ！」と怒鳴っているようだが、最近は貴緒《たかお》と旧式のテレビゲームでよく遊んでいるという。

『どしたの？　史緒佳さまなら、テンコと一緒にお出かけしてるよ』

「ううん、如月くんに用だから、大丈夫」

気安げな軽やかな青竜の声に、ほんの僅かに芹は安堵《あんど》する。

どうやら皇臥が窮地に陥った際には身代わりとなる『形代』の役目は、少なくとも今現在は必要になってはいないらしい。

つまり。皇臥は無事であるということだ。多分。

『おれ？　……ご宗主、なにかしでかした？』

如月は不思議そうな声を漏らすも、少しの間沈黙した後、察しよく、少し声を低めて問い返す。また、二回ほど深呼吸のような音が電話越しに聞こえてる間、芹はどう返事をしようかと悩んだが――。

『おれ、平気。今、この瞬間にどっかが欠けてるとか、動きが鈍ってるとか、そういうのはない。元気そのもの』

はっきりと、芹が欲しかった情報が、明るい声音で返ってくる。

『待って、改めて集中すると……ちょっと胸のあたりざわざわすっかな？　あ、でもこれは疵《きず》とか、ヤバいとかじゃなくて、ご宗主、なんかすごいびっくりしてる、あの人、ビビりだからなー』

まるで他人事《ひとごと》のように、軽やかな皇臥の声が、皇臥を評していることに、芹の脳がバグりそうになる。

「そ、そっか。でもそういう感情が伝わってるってことは、少なくとも皇臥は元気なんだね。よかった」

――本当に、よかった。

そう口に出して、膝から崩れ落ちそうな安堵が押し寄せてきた、いや、安心しているだけではだめなのだ、と芹は己を叱咤《しった》する。

「よかったね、せりさま。きさらぎ、うそつかない」

「あるじさま、ぶじ。へいき」

芹が漏らした言葉に、幼い式神たちが表情を柔らかく笑ませて、芹の腰あたりに二人がかりでしがみ付いてきた。

「うん、よかった――……いや、よくはない」

自分だけの物思いから、現実に引き戻される。

今、仕事中だよ。

すごく不安で、北御門家に相談を持ち掛けてきた依頼人がいるのに、なんでこの状況で皇臥がいなくなるの。

残ってるの、弟子と嫁と式神だけだよ。まず最初に陰陽師《おんみょうじ》がいなくなってどうするの。

安堵が落ち着くと、今度は別方向へとぐるぐると思考が巡り始めた。

『芹ちゃん、おれ、今から寝ないから。まあ、留守居役頼まれてるから、寝る気もなかったけど。何かあったら、芹ちゃんにか、真咲《まさき》に電話かける、ちょっとの異変でも絶対』

「うん。如月くんに、それ頼もうって思ってたの。……ごめんね」

形代は、主の異変をその身を持って受け止める。

皇臥は本来、如月を使うのは嫌なはずなのだ。だから、基本的に式神を大事にする彼が、如月にだけは対応がそっけないのはできるだけ休眠させて、自身とのつながりを分断しておこうという考えなのだろうと芹は思っている。

『なんであやまんの？　役に立てるの、嬉《うれ》しいよ？　最近は、貴緒ちゃんのゲーム相手くらいしか役に立ててないからさ。あと、うまくご宗主とつないで、何か情報とれたら、それも連絡する』

「──……ああ、そっか。そういえば如月くん、皇臥とある程度の情報共有ができるんだっけ」

じんわりと熱を持ち始めたスマホを頬に当てながら、芹は思い出す。

かなり集中したり、時間差が出たりという不都合は出るものの、如月は皇臥の影武者として感覚の共有が可能だという。ただし、現在は皇臥が如月のメンテナンスをさぼっているため、精度は落ちるらしい。

『そ。だけど処理速度の遅いパソコンみたく、黙り込んで固まるかもしれないから、次は家電とるの鈍くなるかも。史緒佳さまかテンコに、外的刺激を頼んでおいたら大丈夫だけど、今はいないからなあ』

「なるほど。でも、如月くんが皇臥のほうに集中してるってことは、その時にはまだ皇臥は、わたしに報《しら》せなきゃいけないような状況に陥ってはいないってことだと思うから、大丈夫」

『あー。そうか、そうなるな、うん……うん』

通話越しに、如月の笑う声が聞こえた。

最後の頷《うなず》きは、何だか自分自身に言い聞かせているような響きに聞こえて、少しだけ胸が痛んだ。

青竜の式神は、その役目上どうしても皇臥に忌避されがちだが、それでも主人のことが特別に大事なのだと言葉の端々から感じられる。そんな彼を不安に思わせてしまったかもしれない。

通話を切ると、大きく息をついた。

太陽が斜めに陽射《ひざ》しを注ぎはじめたのを、自身の影が伸び始めていることで気が付く。

「護里ちゃん、祈里ちゃん。見てて分かったと思うけど、皇臥がいなくなりました」

自身を奮い立たせるように、まとわりつく双子たちを一度しっかりと抱きしめて芹は現状を確認するように、そう声に出した。

「あるじさま、むのう」

「うかつ、です」

同じ顔がそろって眉間に縦皺《しわ》を刻んでいる様子に、思わず噴いてしまった。祈里は以前からわりと皇臥に容赦のないところはあったが、今この瞬間、護里も厳しい判定のようだ。

「こら。不意打ちのようなものだし、悪く言わないの。それに、お仕事のためにも、何とか皇臥と合流しないといけないの。わかるよね」

「あい」

玄武たちの頷きは綺麗《きれい》に揃《そろ》う。

「でもまずは、八城くんと珠《たま》と、合流しよう」

「――……俺はいいのか。なら、もう少しぶらつくか」

少しざらついたような低い声が少し離れた場所からゆっくりと近づいてきた。近づいてきて、また離れていこうとしていた。途中であっさり回れ右をしたらしい。

「鷹雄《たかお》さん！」

振り向きながら、芹は慌ててその声の主を引き留める。黒いスーツをやや着崩した北御門貴緒――芹としてはいまだに小説家・鷹雄光弦《こうげん》としての印象が強い男が、背を向けてそのまま田舎道を歩き去ろうとしているところだった。

車が別だったということもあって、芹からの印象は薄れてしまっていたが、そういえば皇臥が一緒にここまで連れて来たのだった。

「待って待って！　大変なんですって！　……て、どうしたんですか、その姿」

もともとややラフにスーツを着ていたが、今はラフどころの話ではない。あちこちに枝の欠片《かけら》や、葉っぱ、土汚れが付き、やや長めの髪にも藁《わら》くずのようなものが絡みついている。肩にかけていたPCケースは今は斜めがけになっており、その重量のせいでさらにスーツがよれて皺になっていた。

元気いっぱいに山歩きをして帰ってきた、という印象——というには無表情で疲れているようだが。

「鄙《ひな》には稀《まれ》な美女を見つけたから追いかけてみた」

「ナンパ行為は、忙しくない時にしてください！　応援しますから！」

「芹殿芹殿」

やりとりを聞いていたのだろう、近くで姿を消していた貴人・伊周《これちか》が現れてとりなすように声をかけた。喧嘩《けんか》する孫を仲裁する親戚のような柔らかい物腰で、黒いスーツについた汚れをさりげなく払っている。

「この男が追いかけたのはおそらく珍しい系の霊とかでしょう。生憎《あいにく》と私も見てはいませんが、無人の野山をガンガン無謀に突っ切るように歩いていっては、転げ落ちておりましたので」

「転げ落ちたんですか」

「運動不足が祟《たた》った」

変化する直前の狐狸のように頭に葉をのっけた貴緒は、ぼそりと言い訳じみた呟《つぶや》きを漏らす。

「じゃあ、帰ったらお義母《かあ》さんとも協議して、来週からのゴミ出し当番に鷹雄さんも入っていただきます。いや、そうじゃなくて、誤魔化さないでください」

「何一つ俺は誤魔化していないが」

頭の上にのった葉を摘まみ上げる貴緒は真顔だ。

「鷹雄さん、外に出るといつもそんなわんぱく風味なんですか」

「久しぶりに、女のケツを追いかけてみたが、慣れないことはするべきじゃない」

やや疲れたように、泥のついた上着を脱いでばさばさと旗のように振り回し、本人なりに服の汚れを払っている。わざとなのだろう下卑たような言い方に芹としては苦笑するしかなかった。

「鷹雄さんが追いかけたくなるほどの美人なら、諦めずに頑張ってください。お義姉《ねえ》さんができるのは、わたしとしても歓迎ですし。それはともかく」

「なんだそれは、死ねという意味か」

低い声音とともにじろりと上から睨《にら》まれて、芹は小さく首を竦《すく》める。そういえば、何か霊的なものを追いかけていたとついさっき伊周が教えてくれたのを思い出した。

「なかなか洒落《しゃれ》た嫌味だな。直接的な悪口雑言ばかりの佳希《よしき》に見習わせたい」

「いや、あの……すいませんけど、まず話聞いて」

失言だったかと思いきや、感心したように何度も頷かれて、芹としてもつっこみに困った。すぐに話題を変えようと、現在の状況、間近にいた皇臥が姿を消したこと、そしてその状況が今回の依頼につながる少年の消え方に酷似していたことを説明する。

説明しながら、じわじわと貴緒が何とも言えない表情へと変化していく様子に、結局兄へと弱みを追加することになる皇臥に申し訳なく思うと同時に、心のすみっこで自業自得だから勘弁してほしいと念じておいた。

「……大笑いするべきか、語彙を尽くして罵倒するべきか、聞かなかったことにするべきか悩むところだな」

「その三つの選択肢以外でできればお願いします」

やや身を縮めて小さく貴緒へと頭を下げると、下げた頭にポンと手が置かれた。

皇臥よりもやや細い指の大きな手が、柔らかく何度か芹の頭頂部を不器用に撫《な》でて、離れていった。

「……えー、と」

「よく取り乱さなかったな。えらいぞ」

意外なほど優しい声音に、意識していなかった目の奥が、視界とともに一瞬、揺らいだ。

「やめてください。すごく……ものすっごく、不安なの……自覚しちゃいます。折角気を張ってたのに」

俯《うつむ》きそうな視界を、気合を入れて上に向ける。やや、無理矢理にでも口角を上げて、笑顔に見える表情をつくってみせた。

芹の腰あたりにしがみついていた玄武たちが、その瞬間腕に力をこめたようだったが、貴緒が芹にそうしたように、双子たちの頭を軽くぽんぽんと撫でて宥《なだ》める。

それを眺めていた貴緒は、ふいと視線を外し、眉間に一際深い皺を一本刻んだ。腕を組み芹の視点から見ればひどく難しい表情をして、大きく息をつく。

「……まずは状況を改めて確認する。北御門皇臥は、依頼人を放り出して自分の式神の修復用の道具を取りにきて、神隠しに巻き込まれた。それで間違いないな」

「解釈にすさまじく棘《とげ》がある気がしますが、それを修正できる要素はないです」

芹の評価ではひどい人といい人の境目を絶え間なくゆらゆらしている北御門の次男は、真顔で淡々と事実を羅列する。

「あのくそボケ当主、何をやってるんだ。神隠しとか、基本的に子供が引っ掛かる類だろうが」

「いや、神隠し自体は老若男女遭う可能性があるものですけど、そうなんですよね。依頼人の新島さんからの話もあって、この士野白村《しのしろむら》での神隠しは、昔のお城の子供だった城主が友達を誘うって言い伝えがあるから、それが原因じゃないかという話を、車の中でわたしも皇臥としてたんです」

舌打ちとともに吐き出された貴緒のボヤキに、芹が思い出したようにポンと手を打つ。

「それを考えると、同じような状況で、皇臥がいなくなるのって何か理不尽じゃないですか？　それとも、神隠しが子供だけというのは間違いで、大人もいなくなってたんでしょうか」

まとまりはないものの、そう思考を口に出すと、思考のとっかかりを得たような気持ちになった。

「わたしが知る限り、怪異にまつわる現象には、何かしらきっかけが必ずありました。皇臥が姿を消した時にも、何か……」

「ヤツが気づかない場所に置かれた地雷をマヌケにも踏み抜いた可能性が高いということだな。然りだ」

芹の言葉を引き受けるように、貴緒は嗄《か》れたような低い平淡な声音で、肯定した。やや無遠慮にミニバンへと膝で乗り上がると、横倒しになったクーラーボックスを両手でつかみ上げ、逆さに揺らす。

「弁当の入っていたやつだな。」

「茶のペットボトルが一本残ってた。中は？」

錦が身軽に前の座席へと放り出していたペットボトルを摑《つか》み上げて、貴緒へと示す。

「……一本足りん。二本入ってたと思ったが」

眉をひそめて、貴緒は首を傾《かし》げた。

とはいえ深刻に考えこむことはなく、クーラーボックスはすぐに車内に戻し、懐から紙片を一枚取り出し、ぺたりと蓋の部分に貼り付ける。芹にはミミズののたうつ模様のようにしか見えないが、呪符の一種なのだろう。

天才陰陽師《おんみょうじ》という彼の評価を思い出して、何となくそれへと手を合わせて拝んでしまい、貴緒におかしなものを見る表情をされてしまった。

「なにか、ご利益があるかと思って、つい……」

「この符自体にはない。それより依頼人の言う、子供が神隠しに遭った現場に案内しろ。同じものが障ったかどうかを確かめたい」

「あ、はい」

聞き取りにくい低い声でぶっきらぼうに命じられ、じんわりと不快ではあるのだが、同時に安心感もあるのが不思議だった。

案内に足を踏み出そうとして、そういえばこのミニバンも動かさなければいけないと思い出し、しばし優先順位にもたついてしまう。『岩見商店』と看板を掲げた店は、今は閉店しているにせよ、長いこと推定敷地《しきち》内に駐車していては迷惑だろう。

店を見上げて、先ほど老婦人が会釈してくれた窓を見上げるも、今はカーテンが閉まっている。

ごめんなさい。もうちょっと、車置かせてください。

あとで、ご挨拶にきます。お話し伺いたいし。

心の中でそう謝罪し、バックドアを閉めると挿さっていたキィを抜いて、芹は貴緒を士野白小中学校跡へと案内するために歩き出した。

芹の両脇には、いつもの通り玄武の双子たちがくっついてくる。ペンギンのような歩き方になるのもこの際仕方ないと開き直り、彼女たちと手を繋《つな》ぐ。左に護里、右に祈里と定位置だ。手を繋ぐと、いつもと同じひやりとした手の感触に、少し落ち着く気がした。

放置された畑や山間がじんわりとオレンジ色に染まり始めている。

錦も、少年姿のまま一歩遅れて芹の後をついてきていた。もっとも、すぐそばで主である皇臥が消えてしまったことを自身の失態と感じているのか、いつもより表情がやや硬い。

「錦く……」

「なあ、貴緒」

芹が声を掛けようとした瞬間、足を止めて、錦が山間を見つめて口を開いた。

「お前が追いかけてた美人ってさ……」

「正確には美人かどうかは人による。はじめは生霊かと思ったが、死霊にも見えた」

「――……」

普段の文鳥姿よりもわかりやすく、考えこんでいる表情と腕組の仕草で唸《うな》り声をあげると、錦は再び文鳥姿へと変じる。小さな羽音とともに、一度芹の肩へと降りた。

「芹、わりー！　オレちょっと山の中見てくる！　大丈夫か？」

声を低めて付け加えられた疑問形に、少年式神なりの気遣いが感じられて、芹は迷いなく頷《うなず》き返した。

「わかった。鷹雄さんも八城くんもいるし、気を遣わなくても大丈夫」

指で茶色の小さな頭を撫でると、鮮やかな紅色のくちばしが一度耳の当たりの産毛《うぶげ》をついてから舞い上がる。その文鳥の羽ばたく軌跡を見送っていると、振り向かずに歩いていた貴緒と、10歩ほど遅れてしまった。

ただ、それ以上は大股だった歩幅を少し狭めて、芹が追い付きやすくしてくれているように見える。士野白小中学校跡の場所がわからなかっただけかもしれないが。芹は少し早足で、貴緒を追いかけた。

今頃、皇臥はどうしているだろう。

ちくちくと、その思いが常に胸の隅っこを抜けない棘のように刺している気がした。

2

「――……まじか」

思わず漏れた声音が耳朶《じだ》を打つ。

北御門皇臥は、しばし中腰のまま固まっていた。

何しろつい先ほどまで、弟子のミニバンから荷物を運び出そうとしていたはずなのだ。すぐにでも意地っ張りで祖父想《おも》いの式神・珠。その腕の負傷を治してやれる機会が訪れたのだ。すぐにでも修復し、修復し、勝手な物思いではあるが、時折見せる腕を庇《かば》うような動きを見守るだけしかないもどかしさを埋めたいと思っていたのに。

ミニバンの中で、奇妙な失墜感を覚えた瞬間――意識が暗くなり、気付けば姿勢も変わらず視界に映る光景だけが移り変わっていた。

唖然《あぜん》として、周囲を見回す。

がらんとした殺風景な空間だった。

ほの暗い中に、ぽつりと一つだけ灯《あか》りが置いてあった。

どうやら部屋の中のようだ。木目の目立つ板材が床に使われている。

足を踏み出すと、かつんとした硬い靴音と同時に床の軋《きし》む音が鳴る。

離れた場所にまた小さな光源が見え、灯りはある程度均等に置かれているようだ。

「……やらかしたかー……」

ただ、だだっ広い板の間が続いていた。

中空を仰ぐようにして、ボヤキを漏らす。手には、クーラーボックスから取り出した弁当を持ち、1・5リットルの烏龍茶のペットボトルを反対の手の指に引っ掛けていた。

力が抜けたせいで、ベコンと音がしてペットボトルは床に転がる。

「というか、何をやらかした？　俺の動きのどれが引き金だった？　直前まで気配はなかった。……言動、それとも場所か？　所持品か？」

口に出して確認しながら、周囲を薄ぼんやりと照らす灯りへと近づいた。

小さな灯明皿に油が注がれ、そこに浸された麻の芯の先がちろちろと頼りなく燃えている。鼻を近づけて確認したところ、おそらく菜種油だろう。

目を凝らせば連なった古い雨戸のような木の壁が部屋の区切りの役目を果たし、時折木の柱や襖《ふすま》の仕切りが見える。

一応屋内のようなので、靴を脱ぐべきかとしばし迷い。

結局はそのままにした。

無作法だが、この先何があるのかわからないのだから、仕方がない。それに靴箱も見当たらないし。

「珠どころか、錦もなし。芹を巻き込まなくてよかった……と思うべきか」

最近頭の上によく乗っかっているシナモン文鳥も、常日頃傍らに控えているはずの白虎の姿もない。

それは正直なところ、やや心細い。

とはいえ皇臥自身、式神遣いを得意とする陰陽師の端くれである。

スーツの内ポケットから呪符を取り出し、何気なく宙へと投げた。

ふわりと湿気《しけ》た黴臭《かびくさ》い空気の中、左に右にと揺れながら落ちていく呪符は、三度目に揺らいだ瞬間、ふわりと柔らかく繊細な羽を羽ばたかせる、蝶《ちょう》の姿へと変じた。

「まあ、俺とてこれくらいの斥候はインスタントに作れるわけだが」

誰が褒めてくれるわけでもなかったが、そう口にしてささやかに胸を張る。

別に誰かの返答を期待していたわけではなかったのだが、応えを待つような間がさらに静寂を深めたような気がして、小さく肩を落とした。

——古い造りの、屋内だった。

天井には剝《む》き出《だ》しの梁《はり》、木目が視線のように見える床板。

年月を経た木の匂いと、埃《ほこり》の匂い。空気は乾いていて昔の北御門家の蔵の空気に似ていると思ったが、それよりは匂いの入り交じりが少ない。

ポケットを探り、現在の己の手持ちを確認する。

通販で購入した退魔用の呪符と、即興で使える式鬼の呪符がそれぞれ数枚。

手に持っていた弁当の残りと、1・5リットルの烏龍茶のペットボトル。

二つ折りの財布にはある程度の現金とカードと免許証が入っているが、使いどころは見いだせない。

スマホは充電はされているが、アンテナが一本も立っていない。

田舎だからではなく、ここが特殊な場だからだろう。

周囲をひらひらと舞う大振りの羽をもつ蝶を、少し先に行かせ周囲の様子を確認することにした。

間違いなく芹には心配をかけているだろうから、一刻も早くここから脱出するべきだ。

多分、心配している。いや、少しはしていてほしいという希望はあるが、心配を掛けたくないという気持ちも同時に芽生えているあたりが複雑である。

「さばまるファンシーランドの時とは逆の立場だな。俺のほうが閉じ込められ状態だ」

そう呟《つぶや》いて、玄武も弟子もいない今回の自分のほうが状況が悪いかもしれないと密《ひそ》かに皇臥は頭を抱えた。

そう思えばさっきまで傍《そば》にいた芹が、巻き込まれなくてよかったとしみじみ思う。外には、弟子も式神たちもいるし一応主を放っておくようなことはしないだろう。認めたくはないが兄もいる。

とはいえ、北御門家の主人として、自力である程度何とかできなければ沽券《こけん》にもプライドにも関わる。

腹を括《くく》り、その場で座り込むと周囲でひらひらと舞っていたアゲハ蝶を基にした極彩色の蝶を飛ばし、周囲を探るために意識を凝らした。

蝶の式鬼を伝う視覚が、目の前の光景とともに、皇臥の視界に二重写しのように映る。

まずは木製の雨戸のような壁伝いに蝶を羽ばたかせてみた。薄暗い屋内だが、実際の視界よりも式鬼伝いであればある程度は様子を探れる。

瞼《まぶた》を下ろし、周囲の光景もシャットダウンすれば、さらにクリアだ。

そのまま一直線に壁沿いに探っていくと、白い壁が現れ、木の床が途切れ、石積みの交じった土がむき出しの地面が現れる。

「……ん？」

ふつり、とある地点で皇臥の操る式鬼の反応が途切れた。

しかしそれは式鬼を失ったというわけではない。思いがけない方向から再び繋がり、一瞬平衡感覚を失う。

座っていてよかった。立ったままだと無様に尻もちをついていたな。

自身が飛ばした真反対の方向から、ひらひらと飛んでくる蝶を視界の端に入れ、どうやら捩《ね》じくれて閉じた空間なのだと理解する。結界の一種というべきか。

さて、別の方向へともう一度偵察を飛ばしてみるかと意識を延ばした瞬間。

「うわっ！」

視界いっぱいに、巨大な手が広がり、思わず声が出た。

「ひゃっ？」

同時に、高い声が静寂に響く。どちらの声にも驚きの色が多分に混じっており、一方はひどく甲高い。少女の声かと思ったが、視線を周囲へと走らせ、己の式鬼へと意識を向けた時、小さな人の姿が、蝶へと手を伸ばそうとしていることに気付いた。

アゲハ蝶に似せてはいるが、明らかにちがう極彩色の蝶——皇臥の式鬼である。それを、物珍しいものとして、興味を持ったのだろう。

しかし、大きな目を真ん丸に見開いて振り返った姿に、皇臥は強い既視感を覚えた。

「誰だ!? 誰でもいいやっ! おっさん! おっさん、外から来たんだろ!」

一瞬で蝶の式鬼から意識がそれて、皇臥のもとへと転がるようにして駆けてくるのは、年若い少年だった。

少し伸びて、ぼさついた黒髪。陽に焼けた手足には絆創膏《ばんそうこう》が貼られているが、ほとんどが剝がれかけてしまっている。写真では抜けた側切歯の空白が印象的だったが、無事に永久歯が生えてきたようで、それだけで少し大人びたような雰囲気に変化したように見えた。もっとも、駄々洩《も》れの鼻水と目許《めもと》の赤さでそれも帳消しになってはいたが。

「長瀬《ながせ》、一貴《かずき》くんだな?」

皇臥の手が届くか届かないかの手前で急停止した少年は、呼びかけに驚いたように目を零《こぼ》れ落《お》ちそうなほどに見開き、ずっと音を立てて鼻をすすり袖口で拭うと、首全体を揺さぶるように大きく何度も頷《うなず》いた。

「長瀬一貴! 福川辺《ふっかわべ》小学校、二年!」

ピンと背を伸ばし、元気のいいはきはきとした名乗りをあげてから、少し不安そうに少年は皇臥を睨《にら》むように見上げる。

「北御門皇臥。新島さんから頼まれて、君を保護しに来た」

胸に手を当て、視線を合わせるように身を屈《かが》めると、出来るだけ優しい声音で名乗り返す。途端に、くしゃりと少年の表情が歪《ゆが》む。

「無事でよかった」

おいでおいでと腕を差し伸べると、少しだけ躊躇《ためら》い、口許《くちもと》を引き結んで我慢しようとした表情が、すぐに安堵《あんど》に崩れ、小さな身体《からだ》が皇臥の腕の中に飛び込んできた。

「うわぁあああ～～～～～にんげんだぁあああ～～～～～」

安堵の喜びというよりも、まるで珍獣を見つけたような声音に、抱きとめながらつい苦笑してしまった。涙と鼻水がスーツについてしまったが、それを注意するのは野暮というものだろう。

ケガはないかとあちこちに触れて確認し、一貴少年も「どこも痛くない」と嗚咽しながら答える。

「新ちゃんが、捜してくれたのか？　新ちゃん、元気か？　泣いてないか？」

鼻をすすり皇臥の上着にしっかりとしがみつきながら、何度も確認してきた。

新ちゃん――依頼人の新島厳美のことだろう。そう呼ぶ声音に信頼が滲む。

「ああ。そうだな、とても心配していた。一刻も早く一貴くんの元気な顔を見せてあげたいところだが……」

すぐに家に帰してやりたいのは山々だが――自他ともに認めるぼんくら陰陽師《おんみょうじ》としても不甲斐《ふがい》ない思いがぬぐえない。

ともあれ、無事にここから出て、神隠しに遭遇したこの少年・長瀬一貴を保護することができれば、まずは新島から請け負った依頼は完遂だ。こんなことは考えたくはないが、一応依頼者への面目は立った。

ゲーム好きの伊周風にいうなら、トラップを踏んで地下迷宮に飛ばされたが、怪我《けが》の功名で第一目標を確保できたといったところか。

――本当に？

ちりちりと嫌な予感が、皇臥の思考の隅っこを焦がしている。

それを今は見ないふりをして、床に置いていた弁当とペットボトルを手に取った。到着したその日にミッションコンプリートは、優秀ではないか。今は、そう思おう。

「一貴くん、お腹《なか》は空いてないか？　一応、おにぎりとお茶を持ってきた、まずは落ち着いて、君の知っていることや、俺に遭うまでのことを教えてくれないか？」

泣き腫れかけた少年の表情が、パッと輝いた。

「じゃあ、えっと、えっと……これ！　おっさんにおすそわけな！　なんだっけ……つまらないものですが？」

最後に付け加えたのは、大人たちの口調を真似《まね》したのかもしれない。よく見れば少年は最後に身につけていた服ではなく、子供用に仕立てられた小袖を身に着けている。慣れていないのだろう、そのまま大股で走り回ったりもしたのか着乱れており、その短い袖の中に、蒸しパンを隠していたようだ。

それを摑《つか》んで、はい、と皇臥に差し出した。

精一杯に背伸びする様子が微笑《ほほえ》ましい、が袖のあたりは何度も鼻水や涙をぬぐったのだろう、てらてらとテカりを帯びている。蒸しパンを摑む手のひらも、土の上で何度か転んだのかもしれない、爪まで茶色い土が食い込んでいた。

「……ありがとう。今は俺は腹減ってないから。あとで半分こにして食べような」

自分がひどい偽善者になった気がしたが、非常食は少しでも多いほうがいい、はずだ。

そう判断し、皇臥は懐のハンカチを取り出して、潰さないように気遣いながら蒸しパンを包んだ。

「ホントだ、弁当まるで残り物みたいだな！　これだけ食べたらお腹もすいてないよなあ！」

「アア、ソウナンダ」

少年に対する返答が棒読みになってしまったが、まるきり嘘《うそ》ではない。というか、キラキラした無邪気な目で見つめられ、北御門皇臥はおにぎりを手にする少年からそっと目を逸《そ》らした。

まずは、長瀬少年を連れて無事にここを出ることが先決だ。

そのためには、ここで何があったのかを確認するのは重要だろう。

何しろ、廃校に置かれていた資料に士野白村の神隠しの事例や記録は多いが、こうして神隠し最中の当事者に話を聞くのは初めてだ。

つまり、士野白小中学校に残されていた郷土史においては、今までの被害者たちは誰一人返ってはこなかった。

勢いよく、たらこのおにぎりをぱくつく少年の、元気そうな様子に、皇臥はホッと心の底から安堵の息をつく。

「一貴くん、本当はすぐにでもここから出て家に帰してあげたいんだが、出口を見つけるには少しかかりそうだ。その間、ここで何があったか話してくれないかな」

板の間に胡坐《あぐら》をかいていた皇臥の隣で、足を投げ出すように座り込んでおにぎりに夢中だった一貴は、束の間《つかま》動きを止めて、ペットボトルを掴んでラッパ飲みをした。くまなく日に焼けた細い喉が、何度か嚥下《えんか》に動くのを見守ると、少年は意外なほど素直にこっくりと頷く。

救助に来たはずの大人が、すぐには帰せないかもしれないと吐いた弱音を、すんなりと烏龍茶とともに呑《の》み込んでいる。

「わかった！　そりゃそうだよな、誰か入ってきたけど、話通じてないし、すぐ消えちゃったし。あくたまるは教えてくれないし、おれだってあちこち歩き回ったけど、出口見つけられてないし、今来たおっちゃんがみつけられるはずねーもん」

「はい？」

けろりとした一貴の言葉に、皇臥の表情が強張《こわば》る。

「他に、入ってきた人がいる？」

「ひと？　ひとなのかなあ。よくわかんないけど、ふわふわのねえちゃん。透けてた、けど、こわくなかったな」

「苦手分野キタ」

親指についた米粒を丁寧に舐《な》めとる少年の何気ない言葉に、皇臥はぼそりと聞こえないように呟《つぶや》き、表情を隠すように片手で顔を覆った。そういえば、一貴は皇臥に遭った瞬間

「人間」と確認して大喜びをしたのだ。

つまり、人間でないモノには遭遇しているということだろう。

神隠しの被害者か、それともこの村にまつわる霊か。ただこの場に惹《ひ》かれた通りすがりの浮遊霊か。

修理用具を取りに行くだけのつもりだった自分の迂闊《うかつ》を、ここまで呪ったことはない。珠を護衛に伴うべきだった。いや、錦を頭の上にのせたままにするべきだった。

被保護対象である少年の前では口にできない懊悩《おうのう》に、北御門家の主人は胡坐のまましばし頭を抱える。

「あくたまるってのは？」

「おばけ」

懸念材料はすべて教えてもらうことにしようと、一貴の口にした言葉の詳細を促した。

一貴は口の端にこびりついた海苔《のり》の欠片《かけら》を指で取ろうとしながら、けろりと答えた。

それを聞く皇臥の表情は、きっと今ここに芹がいれば、「顔！」と接客用の表情を強要されたことだろう。そんなことを頭の隅で考えていれば、冷静に頷き返せた。

「そうか、怖くなかったか？」

「こわいけど、でも、やさしかった気がする。でもたぶんおばけなんだよな。ともだちに、なったんだけど」

一貴は言いよどみながら、首を傾《かし》げた。

気が強くしっかりしているように見えても、おにぎりに満足したあとは、皇臥のスーツの裾を硬く握ったまま離さない。

「さっき、あくたまる、にげろって言ったんだ」

3

大体、一通り周囲を飛んで、士野白村の大体の地理は把握した――と、思うのだ。

もちろん、一軒一軒の家の表札や配置はともかく、空から見て、何がどこにという大体の感覚は摑めた。

北御門家の斥候として大事な役目である。

その小さな翼を羽ばたかせ、シナモン文鳥としてのカタチを授かった当代の十二天将・朱雀《すざく》は、視界の端を過った姿を追いかけることにした。

本来、ここにあるはずのない姿――のはずだ。

東側になだらかに高くなっていく森。

その木々を潜《くぐ》り抜《ぬ》ける。

見失ったかと、梢《こずえ》に爪を食い込ませて周囲を見回していると、不意に、ゆらりと白い色が山側に揺れた。

「お」

朱雀・錦は迷わず、白く透ける姿へと羽ばたく。

錦には退魔の力は与えられていない、ゆえにどこまでも観察し、感じ取ることが役目なのだが、この瞬間は警戒心は芽生えなかった。

幾重にも重なりあった新緑の木々の隙間を、むしろ怯《おび》えたようにおそるおそると進む影がある。

見鬼の力を強められた式神だからこそ、はっきりと視《み》えるのだろうが、ここにはやや不釣り合いな姿だった。

困ったように、途方に暮れたように、山の一角にてぽつんと大木にもたれようとして、危うく転びかけている。

――……霊にしては、動きが生々しい。

いや、もちろん生前の動きをトレースして同じような行動パターンを繰り返す霊はいるものだが、それとは違う気がした。

「おい」

錦は、少しだけ声を低めてその白い影に呼びかけた。

「迷ってんのか？」

影がゆっくりと振り返る。

振り返ると、その姿が見覚えのあるもののような気がして、錦はころりとした文鳥姿のまま斜めになった。

影は、小さく口元のあたりをパクパクと動かす。

何かを語り掛けようとしているが、ぼやけた輪郭のまま声は聞こえない。

ただ若い娘のようだと、錦があたりをつけたのは生成りの柔らかそうなワンピースと、周囲に溶け込みそうな若草色のカーディガンを身に着けているせいだ。

お気に入りなのだろうか、それだけははっきりと存在感が浮き上がっている。

錦は、枝から飛び降りると地面に降り立つ。

そのまま、小学生の少年姿へと形を変えて、しばし考えこむとそっと、手を差し伸べた。

「お前誰？」

霧のようなおぼろげな姿へと、しばし黙ってそのままエスコートするように手を伸ばしていると、どことなく、安堵《あんど》したような気配が伝わってきた。

ことり、さん

声でなく意識が伝わる。

悪意はない。まるで童女のように、ふわふわとした薄れかけた意識。

「お前、消えかけてる。別に止める筋合いはないけどさ、このままだとヤバいぞ。や。それも自然の摂理ってやつかもだけど」

とはいえ、そうするべきではないと思ったから、北御門貴緒も多分、この姿を追いかけたのではないだろうか。――山を転がり落ちて見失ったようだが。

おそるおそる、細く揺らぐ指と思《おぼ》しき先端が伸ばされて、錦の伸べた手のひらにちょこんと、触れた。

「あ」

霧が晴れたように、一瞬、姿が鮮明になる。

「お前……！」

やや茶色に染められた髪は、柔らかく伸ばされて、おっとりとした表情を縁取っていた。

警戒心のない人の好《よ》さそうな雰囲気。

「お前、えっと、あれだ。なんてったっけ！　わかんねえ！　芹のトモダチ！」

以前、ヤバいのに憑《と》りつかれていた――缶ジュース奢《おご》ってもらったことで、錦としては密かにいいやつ判定している関係者の一人。

？

不思議そうに錦を見つめる瞳はどことなく焦点が曖昧で、まるで夢の中にいるように反応が鈍い。

「ええと、あれだ、あれ、このまま消えたらやばい。……あ、ああ！」

錦は己の記憶を探り、ぽんと手を打つ。

「さな！　お前、さなだ！　なんで、こんなことになってんだ!?」

眼鏡をしていないせいで、すぐに記憶が繋《つな》がらなかったが。北御門芹の友人であり、かつて彼女と関わったことは刻み込まれている。

うん。さな。

きみ、だぁれ？

むせかえるような土と、緑の香りの中で、鮮明になった娘の姿は、錦を見つめ、何度か瞬きをして嬉《うれ》しそうに笑った。

4

士野白小中学校へと辿《たど》り着《つ》くと、まだ捜索隊のざわめきは残っていた。

無線機を使い少人数に分かれた班と、それぞれ連絡を取り合っているやりとりが耳に届く。それらへと軽く頭を下げると、芹は少しだけ緊張気味に、最初に案内された『川床』の教室がある校舎二階へと階段を先に立って上がった。

最後の段へと足を掛け、手すりに触れながら後ろを無言でついてきているはずの北御門貴緒を振り返る。

「このあたりか」

芹が説明するよりも早く、ほぼ足許《あしもと》から貴緒の声が響いた。

すでに身を屈《かが》めて、階段の最上段を見上げている。

予想していたよりも低い場所から聞こえてきた声に、芹もこっくりと深く頷《うなず》く。

貴緒はPCケースを開けて、ケース蓋に付属されたサイドポケットから呪符と、小さな人形のような形の粘土細工を取り出した。

「子供の髪か血液はないか？　わかりやすく要求すると、身体《からだ》の一部だが」

「さすがにそういったものを預かってないですし、保管してたという話も聞いてないですね。皇臥の髪なら、車から採取できると思いますけど」

「仮にも陰陽師《おんみょうじ》が自分の髪を簡単に採取できる状態というのは、最上級のクソたわけだ。

……が、今は看過する。現在、最優先するべき要救助者は？」

「長瀬一貴くんです。新島さんに話をしてきます」

皇臥にとっての地雷を今度は自分が踏み抜いてしまったかもしれないと内心申し訳なく思いつつも、北御門家主人の伴侶は、新島を捜すために勢いよく踵《きびす》を返《かえ》して駆けだした。

「——……まったく迷わなかったな」

その後ろ姿を少し感心したように横目で追い、北御門貴緒はよく見ればところどころゆがみを帯びた木製の階段へと、慎重に指を触れさせた。

芹はその姿も呟《つぶや》きも拾うことなく、『川床』の教室の扉を開け、無人であることを確認する。扉を開き、確認、閉め。その間わずか2秒。

3秒後には、隣の教室へと駆けだしていた。

隣の教室には何のプレートもかけられていないが、先ほどこちらにまとめられた村の資料を見せてもらうために、新島が皇臥を案内していったのを覚えている。

走る勢いのまま、扉を開けて、中を覗《のぞ》き、足音と扉の勢いにびっくりして目を丸くしている白虎が教卓近辺でちんまりと箱座りになっていた。

「奥方。どうしましたんで？」

推定、珠は修復用具を取りにいった皇臥に、ここで待っていろと言われたのだろう。その光景が容易《たやす》く想像できた。

「珠、新島さんどこか知らない？」

「さっき、下の階に降りてったの見ましたけどね。すれ違いやせんでしたかい？　時間的には、飯の支度に一度家のほうに戻ったとかじゃねえですか？」

やや埃《ほこり》っぽい教室内には、いくつか、古い帳面や本が並べられた小さな机に積み上げられている。

壁際にとりあえず運び込まれたような棚の、曇ったガラスケースに小さなトロフィーや、古い道具、土器のようなものが収められているのが垣間《かいま》見える。

机のひとつが引き出されていて、そこには古い綴《と》じの本が何冊か。一冊が中途半端に伏せられていた。きっと、ここで皇臥が調査を始めようとしていたに違いない。

子供用の、小さな椅子だ。背の高い皇臥はきっと座り心地が悪かっただろう。

奇妙なものが喉からせりあがってくるのを感じ、芹はそれを無理矢理飲み下した。

なぜか、北御門家でテレビ映画を見ていた風景を思い出す。

リビングのソファに、炬燵《こたつ》に、それぞれが好きな場所に陣取って、見ていたのはパニックホラー物だった。

『あかんわー。気持ちはわかりますけど、あんな一人キャーキャー叫ぶん。まずは現状認識と、安全確保が最優先ですやろ』

『そうですよねー。こういう映画見るたびに、わたしはできるだけ冷静になろうって戒めがうかびますね』

史緒佳と笑いながらそんな会話をしていたはずだ。

『いや、ああして騒ぐキャラがいないと、どれだけ不安な状態なのかがわかりにくいのはあるぞ。ちなみに俺は、できれば怖ぇと騒ぎたい側だから！』

擁護派の皇臥が、堂々と胸を張っていた。その時は、「情けない」と女性陣＋式神連中は冷たい目で見つつ笑っていたが、冷静でいるというのは意外と重労働なのだと今更ながら思い知る。大きな声を出したい、泣きたい、膝の震えを隠したいのに隠せない、胃の上あたりがずっとひやひやとした感覚がする。座りこみたい、動きたくない。

しかし、あの時、映画のヒロインを「情けない」と断じた自分の言動に責任を取って、その全部をやる前に、まず自分のできることをやらなければならない。

「――テレビ鑑賞時の感想が、自分の首を絞め……じゃなくて、心の支えになるとは」

自分で自分の意識に苦笑して、もう一度自身の頬を軽く打ち、気合を入れ直した。それに、少なくとも貴緒に対しても、精一杯虚勢を張って見せたのだから、張り続けたい。

不思議そうな表情で、芹の様子を見守っていた珠に、現在の状況を簡単に説明すると、さすがに北御門貴緒の反応とは違い、その気配を尖《とが》らせた。

普段から、のほほんとした様子ばかりを見せ、簡単にソファ代わりになってくれる気のいい白虎だが、その瞬間は虎は肉食獣なのだと、今更ながら、芹に思い知らせる。

「……奥方。自分は何をすれば？」

「珠、悪いけど八城くんを見つけたら、同じことを説明して、できたら鷹雄さんと合流して指示仰いでくれる？　八城くん今、車を新島さんちに移動させて、『川床』に荷物運んだりしてくれてる最中だと思う。ていうか……あれ？」

八城が芹からキィを奪って、車を動かすため別れたのは『岩見商店』の前で珠と北御門家の話をする前のことだった。

なのに、さっきちらりと『川床』の教室を確認したが、それらしい荷物はなかった気がする。

八城のミニバンはまだ、最初に停《と》めた推定雑貨屋の敷地《しきち》に置かせてもらったままだ。土地勘のない場所だから、すれ違いになったのだろうか。八城が運転していった軽自動車に何かあったのだろうか？

心臓の周辺が、さらにひやりと冷えるような気がした。

――皇臥のように。

いや、落ち着け自分。

八城くんには伊周さんがついてい……ない。

今は鷹雄さんの見張り役をしている。

まさか――と、嫌な想像が脳裏を過った時だった。

ぴろん、と少し高い電子音が響き、思わず芹は背を跳ねさせた。

スマホのメッセージアプリに何か届いたようだ。

「？」

半ば癖のような流れ作業でスマホを確認すると、送信者は「八城真咲」とある。

思わず安堵《あんど》にその場にへたりこみそうになってしまった。

《さーせん　師匠がいつまでたっても既読にならないんで　いちお　こっちにも》

《オレの車動かすの　ちと遅くなります》

《超速で戻るつもりですけど　怒られたらオレが謝りに行きますんで》

あ。無事っぽい。

メッセージの文面から察するに、何かトラブルがあったようだ。

八城からすると、皇臥に同じようにメッセージで報告しているようだが、村の資料の確認作業に集中していて、メッセージを確認していないと判断したのだろう。

師匠が自分のミニバンまでやってきて消えたとは露ほども思っていないに違いない。

ともあれ、彼が無事だったことは確認できたので、《了解》と打って、送信。

横で不思議そうな表情をした珠が首を傾ける角度に合わせるように、頬のあたりに手のひらを添わせた。

ふっさりとした毛並みを撫《な》でるとアニマルセラピー効果か、少しだけ落ち着く気がした。

というか、北御門家のリビングで時々もたれかからせてもらっているせいで、リラックスできる心地が記憶の何処《どこ》かに刻まれてしまっているのかもしれない。

「じゃ、自分は今は、真咲の傍《そば》についてますんで。何ごたついてんのか知らねえけど捜して手伝ってきますわ。今は契約してる伊周が貴緒の見張りの役目についてるでしょ。錦は？　あいつは真咲といても役に立たねえけど」

目を細めて、しばらく撫でられていた白虎は、芹の傍らからじっとりと玄武の双子が覗きこんでいることに気付いて、場所を替わるように人のカタチ――いつもの、灰色の髪の青年姿へと変じた。

「錦くんは、何か見つけて山のほうに飛んでった」

「自由か」

非難なのか賛辞なのかわからない口調で漏らした珠の言葉に苦笑いし、出ていく背中を見送って、芹はしばし出したままのスマホを見つめて、考えこむ。

一応、八城に倣って、皇臥へと無事を確かめる短いメッセージを送ってみたが、しばらく見つめても既読にはならない。

それに関しては、芹は驚くようなことはない。さばまるファンシーランドの一件でも、皇臥に電話が途中で通じなくなったのだし。

しかし、スマホという文明の利器が通じる人間に、何度もすれ違いを繰り返すのは合理的ではない。

「――……そういえば、錦くんも使えるんだよねスマホ」

護里祈里は、タッチパネルに触れても反応されない。しかし、比較的最近生まれた青竜と天后《てんこう》と朱雀《すざく》は、スマホが使えたはずだ。

錦くんには持っていてほしいかもしれない。

どこで何やっているのか、訊《き》ける。

そんなことを考えて、登録してあった新島厳美《いずみ》の番号を呼び出そうとした瞬間。

ぴろん、と通知音とともに八城からのメッセージが画面に流れた。

《ちゃーーーーーーーっす！！！！！！！！》

普段なら八城が全く送ってこないだろう弾けた文字列が、画面上部を横切るように走って行った。

「……はい？」

誤爆？

普段の後輩らしくない文面。とはいえ自分は一応先輩なので、フランクだが気を遣ったメッセージを送ってくれているのだろうし、対等な友人にむける文字とは違うのだろうけれど……。

あえてアプリを立ち上げないまま、しばらく画面を見つめていたが、それきりメッセージが送られてくる様子はない。

しばし、ディスプレイを見つめて固まってしまっていた芹だが、すぐに気を取り直して、呼び出していた番号をフリックした。

呼び出し音が聞こえる短い時間。

そっかー。八城くん、友達にはあんな感じなんだー。

などと、内弟子の公私の使い分けに、密《ひそ》かに感心した。しておくことにした。

『はい。新島です』

そんな瞬間の物思いの直後に、新島との通話が繋《つな》がる。

皇臥が消えたという事実は黙して、芹は少し早口で貴緒の指示である長瀬一貴少年の髪か何か——肉体の一部を保存していないかと確認した。

『いや……さすがに、ないです』

「ですよね」

困惑がちの新島の返答に、芹はさもあらんと頷《うなず》く。

「新島さんに伺ったのは、正直ダメもとです。というか、お願いするなら一貴くんのご両親に……と思ったんですが、まだご挨拶をしていなかったので……」

正直なところ、ぼんやりと奇妙な依頼だとは思っていた。

士野白村に到着し、依頼人である新島厳美と話をして、さらにその感覚は深まった。

普通、神隠しの子供を救出するという依頼であれば、両親がまず話を通しに来るものではないだろうか。

皇臥はそのあたりを深くはつっこまなかったので、芹もあえて口にしなかったのだが。

それに、新島が失った息子の面影を、長瀬一貴に重ねて、思い入れを深くしているというのも、わからなくはない。

——……わたしも、お義母《かあ》さん、大好きだもんなー。

何かあったら、居ても立っても居られない。確実に。

その自覚があるので、いささかつっこみづらい。

『……ああ。申し訳ありません、お話ししていませんでしたか、一貴くんは、ご両親と一緒には暮らしていないんです』

「え」

『母親と早くに死別し、父親は何年か前に再婚し、別の家庭を持っていらっしゃる……ということで、母方の祖母である夏穂《なつほ》さんと一緒に、暮らしているんです。ただ、夏穂さんは今回の一貴くんの行方不明に、心労で倒れてしまわれて……なので、今回の一件に関しては私が窓口を買って出ました』

あ。なるほど。

さっくりと明かされた事情に、何となく微妙に気を回していた自分が恥ずかしくなり、一人赤面してしまう。

『香月《かづき》のことで、山県《やまがた》さんたちにご迷惑をおかけしてしまった件で、夕凪《ゆうなぎ》さんたちにお世話になったこともあって——そのまま。もちろん、私自身が、一貴くんが心配で人任せにしたくないという内心もありますが』

「そういうご事情だったんですね」

『ですので。夏穂さんの体調もあると思いますので、今から彼女のお宅に私がお伺いしてきます。ブラシに髪の毛か何か残っているかもしれませんし、一貴くんの部屋を探させていただこうと思います』

スマホの向こうから、てきぱきと動く気配が伝わってきた。

芹と話しながら、作業をしているのだろう。

『……というわけで、申し訳ありませんが、少し夕食の時間が遅くなりそうですが……』

「あっ、いえ！　よろしくお願いいたします！」

ずっと年上の男性からの恐縮された言葉に、思わず背筋が伸びてしまう。

「あ。もし、向こうさまの体調がよろしければ、ご挨拶させていただきたいと思いますので……」

本来なら一番最初に挨拶するべき相手のはずだ。長瀬一貴の本来の保護者と、まったく顔を合わせないというのも、失礼な気がして芹はおそるおそる言い添えた。迷うような口調に気付いたのだろう、新島はスマホの向こうで小さく微笑《ほほえ》んだようだった。

香月の「お父さん」の記憶の残滓《ざんし》だろうか。それともついつい自身の遠い記憶を掘り出したのだろうか、淡く父性ようなものを感じた気がした。

『わかりました。それでは、私は今すぐ夏穂さんのところに向かいます。場合によっては、ご連絡差し上げますので』

「ありがとうございます。よろしくお願いします。でも、どうぞご無理はなさいませんようにとお伝えください」

見えないとわかってはいても、芹は深々と頭を下げた。

交流のあるご近所さんと、一見さんである陰陽師《おんみょうじ》の付き人では、距離感も全く違う。体調が悪いのに予告もなく、家に招くというのはハードルが高いと芹も理解できた。

せめて、家の中を整えたいだろう。

しかし孫が行方不明という心労で体調不良になっているさなかには、重労働だ。

あとは、スマホの連絡に気をつけながら新島に任せるべきと判断し、芹は通話を切った。

一つ息をつくと、小さな学校机に皇臥が目を通していたのだろう古い資料が目に入った。色褪《いろあ》せた和綴《わつづ》りの帳面や、今でもリニューアルされて販売されているおかげで何となく見覚えのある大学ノートも交じっている。いわゆる残されていた地方古文書や、誰かの覚書のようだ。

芹はなじみのあるノートを手に取って、ぱらぱらとめくった。

黄ばみつつある罫線《けいせん》にしたためられているのは、読みやすい綺麗《きれい》な文字だった。

文字の羅列はノートの中ほどまでで、途切れている。裏表紙の裏に、同じ筆跡で「坂崎」と書かれている。

芹はしばし悩んで、それを肩にかけていたバッグへと入れた。

多分、皇臥がこの事件の手がかりになりそうな記録を確認していたのだろうし、その本人がいないなら、古い文書よりも比較的読みやすいノートのほうを自分が担当させてもらおう。手が空いた隙に、目を通していこう。何より、古い和綴《わと》じの本になると、バッグの中に入れて、雑に持ち運んでいいものかわからない。

芹は、次に自分にできること、と踵《きびす》を返《かえ》し、資料室状態となった教室を出た。

玄武の双子たちは、ちょこちょこと芹の後をついてくる。

「護里ちゃん、祈里ちゃん、入る？」

一度足を止めて、カバンに入れて持ち運ぼうかと確認すると、二人そろって、首をぶんぶんと横に振った。

「せりさまのまわり、みられるからこっちがいいです」

「ちゅういできるので、いっしょがいいです」

きっぱりとそう言い切る双子の頭を一度撫でてから、再び足を動かす。

「ありがと、心強い」

そう言いながら、北御門貴緒がいるはずの階段へと向かうと、くぐもったようなモー……というモーター音が聞こえてきた。

何の音かと首が小さく傾く。

少し足を速めると、階段の手すりにPCケースを置き、スマホにモバイルプリンターを繋いでいる。どうやら聞こえてくるのは、印刷音だったらしい。

「鷹雄さん。新島さんが、一貴くんの家に髪か何か残っていないか、探しに行ってくださるそうです。何かわかりましたか？」

そう問いかけながら、彼が何をしているのかと覗《のぞ》き込むと、何となく見覚えのあるような雰囲気の札がプリントアウトされている。

ついツッコミどころが満載過ぎて、無言でそれを指さし、視線で問いかけてしまう。

「霊符だが？　多少俺のアレンジは入っているが、見たことなかったか？」

極真面目に返されてしまった。

そう答えながら、慣れた手つきで次の白紙を流し込んでいく。

「いえ、さすがに見たことはありますが、何が書いてあるのかさっぱりなのでわたしが見たことがあるお札かどうかはわからな……いやそうじゃなくて、皇臥は墨摺《す》って和紙に描いてるやつを使ってるような気がしましたけど、印刷でいいんですか？」

「こんなモノはある種パターンだ。画像ファイルを送ってやるから、保存しとけ」

けろりと表情一つ変えずに言い放たれる言葉に、軽いめまいを感じつつ、スマホをかざされると何を要求されているのか悟り、メッセージアプリに彼のアカウントを承認する。

同時に、ぽこぽこぽこと響く着信音とともにいくつか画像が送られ、芹は少し焦りながらそれを画像ファイルとして別個にスマホ内に保存した。

しかし、並んでいると、どれがどれなのかわからない。

どれも同じようなぐんねりと歪《ゆが》んだ記号と文字の並びのようにしか思えず、しばし眉間に皺《しわ》を入れてその画像を見つめていると、脇から伸びてきた長い腕に「よこせ」と不愛想な声とともにひったくられてしまった。

なにやら画像データに、ファイル名をつけ直してくれているらしい。

「念のため、最初のを今の待ち受け画面に設定しておいた。死霊相手なら効く。相手次第で、画像ファイルが壊れるから、念のためいくつかコピーしとけよ」

「……こんな、雑にやり取りできるデータでいいんですか？」

「あ？　昔は、石とか木簡に彫ってたりしたんだ。それが紙に書き付けるようになり、次はデータになったというだけだ。洗濯板からドラム型全自動洗濯機になったところで、家事の目的と結果は変わるか？」

「時代の流れ最高！」

つい勢いで同調したとはいえ、それでいいのだろうかと首を傾《かし》げてしまった。皇臥が呪符の作成で悪戦苦闘しているのを知っているからこそ、その肩を持ちたくはなるのだが。

昔の人が言いがちな「今の若い人は」的な非難を、簡単に結果で蹴り飛ばしてしまえるからこその、天才なのかもしれない。

目の前に差し出されたスマホを受け取り、視線を落とすと、保存されたファイルの一つ一つに、全角文字で名前が付け直されていた。

《死んだの／悪意あり》《死んだの／それ以外》《その他》《守れ》

「意味わからん！」

「臨機応変に使え」

「ありがとうございます！　天才が嫌われる理由、なんとなく分かった！　あとわたしは凡人なので、あとで詳細な使用説明書でも作って送ってください！　お願いします！」

「抗議と礼を一緒くたに喚《わめ》くな」

何枚目かの白紙をモバイルプリンターに送り込みながら、貴緒は平然と芹の言葉を受け流している。スマホへと視線を落とすと、待ち受けに設定された呪符柄の画像上には、いくつかアプリのアイコンが載っかっていた。

これはこのままでいいのだろうかと、ささやかな疑問を投げようとしたが、それに気づいた貴緒は素っ気なく肩をすくめた。

「言うまでもなく効きは悪い。ちゃんと画像をフルにして使えよ」

「そういうものなんですね」

多少の不具合はあるらしい。

モー……と鈍い音を立てて未《いま》だにプリンターから吐き出されていくのを見ると、なるほどと納得できなくもない気がした。

全部スマホ内画像で済ませられるなら、彼も符をプリントアウトしていまい。

「──……すごく、訊《き》きたくないんですけど、一応確認したいです。この呪符を待ち受けに指定したということは……鷹雄さんから見ても多いんですか？《死んだの》」

「一応気を遣ったつもりだが、全部話したほうがいいか？」

疑問形で返さないでほしいという文句と、聞いたほうがいいのかという迷いと、選択の自由をいただきありがとうございますという複雑な感謝が、渾然《こんぜん》一体となって喉の奥で膨らむのを感じる。

スマホは絶対に手放さないでおこう。

お守りのように一度強く握りしめ、心に誓う。

「あ。鷹雄さん。わたし、今から車置かせてもらってるお店に、もう少しお願いしますって挨拶してきます。八城くんの車に何か必要なものとか置いてます？」

「いや別に。……ん？　お前免許持ってなかったか？」

「持ってますけど、北御門の軽ならともかく、八城くんの車、マニュアル車なんですよ。実はまだ一回も運転したことないので、暗くなるかもって時間に初めての場所で、っていうの正直怖いです」

士野白村の道は、舗装されている場所もあるが、状態がいいとは言えない。『岩見商店』の周囲は、荷物の上げ下ろしの関係もあって車両を動かしやすく手入れされているが、うねった狭い道を運転するのは、やや心もとなかった。

何より後輩の大事にしている車をぶつけたり、畑に落としたりしたくない。

「ふん。なら、ちょうどいい。まだ阿呆《あほ》の気配が辿《たど》れるかもしれんから、一応そのままにしておけ」

印刷した霊符の枚数を確認した貴緒は、芹に背を向けて階段に屈《かが》みこみ、そう告げた。

邪魔にならないよう迂回《うかい》して階段を駆け下り始めた芹は、その言葉に一瞬振り返った。

「わかりました！」

貴緒は一応、弟を気にかけてくれているらしい。

そのことに安堵《あんど》し、再び芹は双子を連れて、士野白小中学校を出た。

5

士野白小中学校から、『岩見商店』まで、到着してから徒歩ですでに二往復している。

慣れない田舎道だけに、やや普段とは違う筋肉を使っているようで、ふくらはぎの脇あたりがだるいような感覚がして、芹は密《ひそ》かに手で揉《も》み解《ほぐ》した。

運動不足だろうか。

八城の愛車である深紫色のミニバンは、まだ変わらず閉店したままの商店の前に駐車されている。

キィを挿し、バックドアから荷室に乗り上げ、荷物を探る。

祭壇を組んでの祈禱《きとう》を行うことになる場合、火を起こすことになるし、長く呪詞《ずし》を読み上げることになるかもしれない。

ご近所迷惑になるだろうと、三つほど挨拶用のお土産を用意してきたのだ。

一つは新島に渡したものの、まだ二つ残っている。一つは長瀬一貴の祖母に挨拶できた時に渡そうと思っていた。

荷物から、包装紙に包まれた長細い箱を取り出すと、視界の隅で、ちょっぴり護里が肩を落としたことに気付いて、小さく笑ってしまった。お土産が余った際には、しばらく北御門家の来客用のお菓子としておくが、消費期限が近づくとお茶の時間のお供となるのを、護里はよく知っているのだろう。

「護里ちゃん、帰ったら何かお菓子に挑戦してみようか。野菜ケーキとか？」

「おかしなら、ぷりんがいいです。いのりちゃんと、これちかがだいすきです。にこにこするのが、うれしーです」

表情を輝かせる護里を思わず一度ハグしてからミニバンのドアを閉めると、芹は閉じた店の入り口を覗きこんだ。

相変わらず曇ったガラスの格子戸に、内側から黄ばんだカーテンがかけられていて、中を覗きこみにくい。閉じ合わせが甘く、薄く開いてる場所はあるが、中が暗いせいで様子をうかがうことも出来なかった。

「ごようですか？」

「ひゃっ！」

ふいに声を掛けられて、芹は思わず背中を跳ね上げた。

あまり大きな声ではなかったが、人さまの家を覗きこむも同然の行為だったので、少々後ろめたかったからだが、目線より随分と下の位置で、小さな男の子が首を傾げている。

綺麗《きれい》に整った顔立ちの男の子――アイスキャンディを差し入れてくれた少年だった。ちょうど、祈里護里と並ぶような位置に紛れるように立っていて、同年代の友人のようだ。もっとも、彼は玄武の双子たちには気づいていないようだ。

北御門の式神が視《み》えるのは、北御門関係者か、霊感が強いか、式神と契約している者のみなので、当然のことではある。子供や動物も視えやすいというが、この少年には当てはまらないようだった。

「あ。ご、ごめんね。じゃないや、えっと……さっきはアイスをありがとう。おばあさまもご一緒だったよね、挨拶とお礼に来たんだけど……お名前聞いていていい？」

「個人じょほうろーえーだから、だめ」

「うわ。えらい」

警戒するのはいいことだけど、現代社会はちとめんどくさい。

情報漏洩《ろうえい》と言いたいのだろう、少し舌足らずにさっくりと切られて、芹もついつい片頬がひきつった。

「だから、ばあばにきいてくる」

「あ」

くるりと軽やかに身を翻した男の子は、そのまま小走りに店の裏側へと回る。

少し遅れて、一応その後を追いかけると、木の塀が続いた裏側に、中開きになっていた裏口らしき木戸へと小さな身体《からだ》が滑り込んでいった。

それを追うか。それとも店の正面から改めてノックから始め、呼びかけたほうがいいか。

初対面での印象的には、後者のほうが圧倒的にいいはず。

そう判断して、店の正面に回ろうとした瞬間。

「……あら？」

木戸を閉めようと、出てきたのだろう。

ほっそりとした老婦人が、扉の狭間《はざま》から半分顔を出した。

その表情が怪訝《けげん》なものに見えて、反射的に芹は背筋を伸ばして半ば直角に腰を折って頭を下げた。

「あっ、あの！　恐れ入ります、北御門と申します！　うるさくして大変申し訳ありませんでした！」

芹の勢いに、老婦人はやや気圧《けお》されたのか、半分出た顔が三分の二まで隠れてしまう。

このまま引っ込まれてしまうと、単なる迷惑な女であり、挽回《ばんかい》ができない。

「ご迷惑かと存じますが！　あと少しだけミニバンをお店の前に置かせていただきたく存じます！　すいません、運転手がちょっとトラブルで戻ってこられませんで……邪魔だとは重々承知しております」

そのまま手にしていたお土産の包みを捧《ささ》げるように突き出した。

頭を下げているせいで、老婦人の表情は見えにくかったが、反応がない。

「——……あの——……」

おそるおそる顔をあげると、三分の一だった姿は、最早《もはや》顔認証不可能なほどに引っ込んでいて、耳と頬の線がうっすらと見えるくらいだ。そのフェイスラインが、かすかに震えていた。

「ばあば、わらってる？」

裏口の向こうから先ほどの男の子の声が聞こえた。

何やら密かな息遣いと囁《ささや》き合うようなやりとりが少しだけ感じられて、老婦人は再び少しだけ扉の狭間から顔を出すと、ちょいちょいと手招きをする。

どうやら、呼ばれているようだ。

しかも、何がツボに入ったのか、皺《しわ》の刻まれた目尻に涙が浮かんでいて、笑いの余韻が隠せていない。

「えーっと……」

呼ばれるままに近づいていくと、裏口にプラスチック製の色褪《いろあ》せた簡易の表札がかかっていた。

『笹倉佐千恵（岩見商店）』

ささくらさちえ、と読むのだろうか。

少し角ばった男性的な文字は少し退色しつつある。何人分か、住人を書く欄が空いていたが、一人分の名前と店名だけしか記されていなかった。

村の人たちには、さっちゃんと呼ばれていたはずだ。なるほど、苗字《みようじ》も名前もさっちゃんなのか、と芹は頭の隅っこで納得した。

「ごめんねえ。お店開けてないから、人がいるのバレたら気まずいんですよー」

小さな笑みの残滓《ざんし》を表情に残しながら、芹が木戸をくぐったのを確認して、老婦人は素早く裏口を閉めてしまった。

その際、ちろりと舌を出し、稚気溢《あふ》れる仕草で口唇《くちびる》に指を一本立てた。

悪戯《いたずら》の共犯を唆すような悪戯っぽい所作だった。

素早い動きに、護里と祈里が、ちょうど締め出されてしまったのが気になるが、塀の隙間から覗《のぞ》き込んでいる。完全に閉じた囲いではないので、彼女たちなら姿を変えて入り込んでくるのはたやすいだろう。

「あ、そうなんですね」

「荷物の受け取りとか、品出しとか、ぜーんぶほったらかしてのお休みを、久しぶりにとってお店を閉めてるのに。だから、車くらい店を閉めてる間はいくらでも置いてくださいなー」

語尾を少し伸ばすような、やんわりとした話し方の老婦人だった。

髪を柔らかな栗色《くりいろ》に染め、短めに整えている。ほうれい線や目許《めもと》の皺は隠しきれていないが、肌はつやつやとしていて、シミも目立たない。

少し茶色がかったような目が活《い》き活きとして印象的だった。

六十代？　それとも七十代だろうか。史緒佳よりはかなり年上のようだ。

「そう言っていただけると、ありがたいです。もう少しだけ、よろしくお願いしますね……ええと……笹倉さん、でいいんですよね？　あの、つまらないものですが」

どうぞ、と重ねて差し出した土産を、小さく頭を下げて受け取った老婦人は、また小さくくすりと笑う。

「土野白の皆さんと一緒で、さっちゃんと呼んでいただけると、嬉《うれ》しいなあー。みんな、そうだから。そちらは……きたかど……」

「北御門、芹です」

早めに仕事が終われば、覚えておいてもらう必要もないのだが、土野白村の数少ないお店の人で、色々と事情に通じた人のはずだ。バッグから小さなカードケースを取り出し、最近作った名刺を手渡した。

まだまだ手渡す人数は少ないので、動きは少しぎこちない。受けとった紙片を見つめて、推定・笹倉佐千恵は首を微妙な角度に傾ける。

「おんみょうじ、のー……助手、さん？」

「すいません、うさん臭いですよね」

「いいえー」

北御門家の仕事以外で使わない名刺だ。怪しい者扱いされても仕方がないと苦笑いするしかなかったが、少し間延びした返答とともに顔を上げた老婦人は、にかり、と顔全体であけっぴろげに笑った。

「めずらし、お仕事ですねー。よかったら、お茶でも飲んでいってください。お話聞きたいわー」

裏口は、そのまま笹倉家の店の裏側、住居部分の縁側につながっていた。

半分だけ木製の厚い雨戸を閉め、出入りしやすいようにしている。

沓脱石には色褪せたゴム製の突っ掛けが一足だけ置かれているが、佐千恵も男の子も靴を履いていた。

「蓮《れん》」

柔らかな声音で、老婦人は男の子を手招きする。

「孫です」

「蓮です。はじめ……にどめまして?」

芹へと示すよう、小さな肩に手を置いて孫を紹介する様子は、どことなく誇らしく見えた。それが何となく微笑《ほほえ》ましい。

「初めましてでいいと思うよ、蓮くん。初めまして、北御門芹といいます、よろしくね」

ちょんと互いに指同士を軽くつなぐような浅い握手を交わすと、蓮と紹介された少年も、はにかむように薄く笑った。

確か、岩見商店の御主人は士野白村でも色々な噂《うわさ》が自然と耳に入るだろうし、村の事情に通じているという話を聞いた。

芹としても少し、この村の話を聞きたくて、お茶のお招きにあずかることにした。

縁側から家に入らせてもらうと、畳は綺麗に掃き清められ、ちゃぶ台と水屋の置かれたシンプルな部屋だった。ただ、店に通じる廊下がガラス格子越しに垣間《かいま》見《み》えたが、様々な紙束や箱、プラスチックケースが所狭しと置かれている。

室内には古い家独特の、色々なものの香りが混じっている。畳の匂い、木の匂い、少しだけ焦げたような台所の匂いには、醬油《しょうゆ》の香りが強い気がした。石鹼《せっけん》の匂いが濃いのは、洗濯ものを室内干ししているせいかもしれない。

佐千恵が台所でお茶を淹《い》れてくるということで生じた空虚な時間、少し物珍しげに周囲を眺めまわしていると、手持無沙汰そうに携帯ゲーム機を取り出している蓮と目が合った。

自分の不躾《ぶしつけ》さに、やや気恥ずかしい思いをする。

「そういえば、蓮くんはお休みには士野白村《ここ》に遊びに来るの？」

壁の一部にもたれて、ゲーム機のスイッチを入れた蓮が、首を横に振っている。

「ううん、はじめて」

「あ。そうなんだ。じゃあ、珍しい場所でしょ、外で遊んだりしないの？」

「いま、いなくなった子がいるらしいし。さがしてるの、じゃまになるから」

蓮はそう言いながら、壁にもたれた姿勢のまま、こてんと横になった。

「それに、うちもいなかだし」

さらりと答える少年を見るに、珍しい環境でもないということか。

「こら、蓮。姿勢悪いよー」

寝転がりながら遊ぼうとしていた少年へと注意しながら、湯呑《ゆのみ》に入った緑茶を盆に載せて佐千恵が戻ってくる。湯呑のひとつを芹の前に差し出す所作は、史緒佳のように柔らかな上品さを滲《にじ》ませたものではなかったが、親しみと距離の近さを覚えた。

「実は、車を置かせていただくお願いもありましたが、色々とお話をお伺いしたいとも思ってたんです。お忙しくなければ、お時間いただいてよろしいですか？」

湯呑を手の中に包みながら、芹はそう切り出し頭を小さく下げた。

「はあ。お話と申しますと……」

しばし、佐千恵はきょとーんと不思議そうな表情をしていたが、すぐに納得がいったらしく何度か頷《うなず》いた。

「土野白村の古い話とか……特に、神隠しとかそういう方面について、笹倉さんがお許しいって、話を聞いてきたんですけれど」

「さっちゃん」

少し硬い声を出しながら、佐千恵は身を乗り出すように芹へと自分を指さした。

「……さ、さっちゃん、さん」

「正直なところ、古いお話というだけなら、うちより詳しぃ知ってる人は、何人もいますけど、まあ噂話《うわさばなし》とかなら、店に集まってくるのは多いですねえー。荷物の受け取りとか、井戸端会議の会場みたいなもんですから。小さい村では、話し相手が不足するのもありますし、仲良くしてたほうが色々とお得だしねえ」

芹の呼びかけには、少しだけ不満そうに唇を尖《とが》らせるも、否定することなく、また何度か小さく頷く。

「ほら、店に荷物を運んでトラックとかきますから。そのトラックが、一人で歩いてるジジババとか子供とか、すれ違ったら教えてくれたりしたんですよー」

「なるほど。この村のトンネルまでの道、歩道とかなかったですもんね。川沿いに行き来するならほぼ一本道ですし……」

「そう。家出とか徘徊《はいかい》とかだと、結構目立つの。山側の道もあるけど、上り下りが結構きついし。大回りだから、大抵は川沿いの道を使うしねー。それで、神隠し騒動一歩手前で収まった話も多いのよー」

すこしゆるいような口調で言いながら、お茶を一口口に含む。

「一歩手前ってことは……」

「うん、もちろん本当に行方不明になっちゃった人もいるんだけど……いわゆる田舎で働き口は狭いし、立地も流れは緩いとはいえ川沿いでしょ、ココ。家出や事故の人も結構いたと思うのよねえ」

芹も彼女の言葉に耳を傾けつつ、一口お茶を含んだ。

「特に、子供がいなくなると、事故だと思いたくなくて神隠しとしてどこかに生きているに違いないって思いたい親御さんもいたしねえ」

「いわゆる神隠し、として記録されてる人は、どれくらいいるんですか？　その前兆とか、あったんでしょうか」

芹は自然と少し身を乗り出す。

携帯ゲームで遊んでいる蓮が「あ」と小さな声を上げたのが背中で聞こえたが、何か失敗したのだろうか。

芹の勢いに一瞬気圧《けお》されたように、佐千恵は小さく身を仰《の》け反《ぞ》らせた。頬に手を当て、眉間に皺《しわ》を一本刻む。

「お地蔵様がね、あるでしょう？　村のいろんな場所に」

話を変えるように、佐千恵は複雑な色合いを表情に浮かべ、声のトーンを落とした。

村に入った直後の、皇臥たちとの話を思い出し、芹は首を縦に揺らす。

「庚申塔《こうしん》というのも、結構ありましたよね」

「お地蔵様はね、妊婦さんの安産を願う子安の願いと、災いの苦しみを身代わりになってくれる願いとか、色々な願いが託されたものだけれど、士野白のお地蔵様は……隠された子供たちに寄り添ってもらえますように、というものなの」

車の中の流れる景色から、色々な石塔や、石仏が目立つという印象があったのを思い出す。思い出して——地蔵の影から覗《のぞ》くように芹を見ていた女の子の姿が一緒に脳裏に浮かび上がる。

「もちろん、行方不明になってすぐ建立……ということはないんだけれど、行方不明になったて痕跡が見つからなければ、ひとりひとりに……ね」

多くない？

思わず口に出そうとして、芹はそれを呑《の》み込む。

「古いものが撤去されないままだから、どうしても多く見えるでしょー」

まるで芹の心を読んだように、にかり、と歯を見せて佐千恵が笑う。あけっぴろげで、無邪気な笑みだった。つい、笑い返してしまいそうになる。

「さっちゃんさん、いなくなるのは、子供だけなんですか？」

子供だけなら、皇臥がいなくなったのはイレギュラーになるはずだ。

単なる大ポカという可能性もある。その可能性も大きいが。

「いいえぇ？」

やや間延びした声音とともに、ゆっくりと佐千恵が首を横に振る。

「10年ほど前……大人もおらんくなったはずよー。まだ学校が元気やった頃、そこの先生。それで、大きい騒ぎになって、学校が閉まる方向に話がいったはず。えーと……さ、さ」

ふと。

芹の脳裏に、持ち出してきた古い大学ノートが過る。

皇臥が、目を通すために机に置いていた何冊かの資料のうちのひとつ。色々な資料や郷土史の本が置かれていた中で、皇臥が選び出していたノートだ。脈絡なく、その署名を気づけば口にしていた。

「坂崎《さかざき》……」

「そう！　それ！」

明るい笑顔とともに、佐千恵はパンと大きく手を打った。

「年取ると名前とかの固有名詞、なかなか出てこんで困るわー」

笑いながら立ち上がり、店があるのだろうガラス戸の向こうへと少しの間消えて、ぱたぱたとした足音とともに、老婦人はすぐに戻ってきた。手にはお菓子鉢を持って、ちゃぶ台へと置いてくれる。

個別包装された色々な味のおかきやチョコレートだ。お茶うけに、ということらしい。

「つまらないものですが」

「あ。いえ、つまらないなんて」

甘いものが嬉《うれ》しくて、何気なくそう口にした芹の口許《くちもと》へとそれを留《とど》めるように、すっと佐千恵の指が伸びた。

無言で、首を横に振る佐千恵の表情は笑顔と違って真剣で、思わず息を呑む。

「え……」

「ええの。この場合はねぇ、つまらないものとして受け取っておくべきなの。特に、ここでは」

真面目な表情は束《つか》の間《ま》、すぐに笑みに綻んだ。

「お若い人は、『つまらないものなら、人によこすな』いいますけど。いいものには、よくないモノが欲を出します」

芹は思わず目を瞬《まばた》かせた。

日本人的なマナーとして、プレゼントやお土産的なものを「つまらないものですが」といって渡すことが多い。それを行き過ぎた卑下ではないかと非難される流れもあるのを、芹も知っている。

「……えっと……どういう意味、ですか？」

「あのねぇ。ヒトさまに差し上げる品物って、大抵御馳走《ごちそう》や高級品とはいわずとも、食べ物が多いでしょう。そういうものはね、悪いものがとりつきやすいといわれてるの」

声無く、芹は思わずへー、と唸《うな》った。

「だから、水引を結び、熨斗《のし》をつけ——あ。これは、どちらもまよけが発祥でね？　贈り物に悪いものが引き寄せられないようにしてきたの」

「え、知らなかったです。熨斗とか、普通に宅配便の送り状のようなものかと思ってました！」

芹の言葉に、佐千恵は声をあげてころころと笑った。

それにつられてか、壁際でゲームをしていた男の子も小さく笑っている気配がする。

「あらあら、古ぅい知識でもそんな風に驚いてくれると嬉しいわあ。——親しい人に手渡すものを『これはいいものです』『美味《おい》しいものです』とかって言いながら手渡したら、興味を惹《ひ》かれずに通りすがるだけだった悪いものを引き寄せて、たかられてしまうの。そういう悪いものが付いたままのものを、相手に渡すということになるのは、嫌でしょう」

佐千恵の説明に、芹は真面目に耳を傾ける。

なるほど。

「んー……贈り物を『これいいよー』とか言いながら渡したら、悪いものがそれを聞きつけてしまう、と。誰かにあげる、美味しいごはんにハエがたかっちゃうような感じ？　そんな、ハエのついたようなご飯、大事な人に食べさせたくないですよね」

こんな、解釈？　と芹が佐千恵へと確認するように首を傾けると、老婦人は思わず心配になるほど身を折って大爆笑していた。

「そう！　そうそうそう！　そういうことなの。それって、すごく無作法で不吉で失礼でしょう？　だから、『つまらないもの』を渡すだけなので、見逃してくださいっていう、おまじないでもあるの。というか昔はね、病気とか悪いこと全部、家や口の中に入り込んだ悪いものによって起きると思われていたの、そういう古い時代からの命がけの……贈答品に対する規則なのよー」

「そこまで笑います？」

楽しそうに声を弾ませる佐千恵に、芹はつい苦笑する。

「それに、いいものは、お殿様にまず差し上げるものだから」

笑いを収めようとしている佐千恵が何気なく付け加えた。

——どくん、と芹の鼓動が一度強く奇妙に脈打つ。

「……規則」

一般的な、マナーに隠れた魔除《まよ》け。

心を小さな棘《とげ》が引《ひ》っ掻《か》くような心地がした。

「つまらないもの、ですが」

そう言いながら、佐千恵は優しく芹の手を取って、チョコレートの包みをいくつか手の中へと押し込んでくれる。

触れた指は、皺深くありつつも、柔らかく温かかった。

6

「あくたまる……？」

皇臥は暗がりの中で、少年が口にした名前をもう一度くり返した。

傍らで、小さな頭がこっくりと縦に揺れる。

神隠しの逸話の源がこの辺りを治めていた城にあるということもあって、資料類の中から、郷土史を選び出していた。

さすがにまだすべてには目を通すことができていないが、その話の元となった若君の名前が芥丸《あくたまる》であるということは把握したばかりだ。

元服前の幼名には、殊更いい意味の名を与える場合と、災いから見過ごされるようわざと悪い意味を与える場合があるが、士野白の若君は後者の名づけであるらしい。

目線を合わせ、口元についた弁当の痕跡をできるだけ丁寧に拭ってやると、長瀬一貴はほっとしたような表情を浮かべた。

「それが、一貴くんをかどわかした相手なんだな」

「かどわ？」

「あー……誘拐、した？」

「ゆうかい……そうなるのかなあ。新ちゃん、心配してたか？」

「めちゃくちゃ」

不安に強張《こわば》っていた幼い顔が、皇臥の即答に、少しだけ嬉しそうに輝く。

両親ではなく、依頼人である新島厳美に心を寄せる様子に、少年の複雑な環境を垣間見《かいまみ》た気がした。

「……その、芥丸は一貴くんに何から逃げろって言ったんだ？」

わからない、と言いたげに勢いよく一貴少年は首を横に振った。

腹を満たし、休息をとらせれば、4、5日行方不明になっていたにしては、元気そうに見える。不安そうな様子はあったが、パニックに陥っているという様子もなく、精神面は落ち着いているようだ。

身に着けた小袖の生地に触れると、なかなか肌触りがいい。推定友人を欲しているらしき芥丸という若君は、一貴少年を決して粗雑に扱ってはいないのだろう。

ともだちになった、という言葉からしても、少なくとも彼に対しては友好的なはずだ。

「服は、汚れたのかい？」

「え？　ああ……うーん、どうなんだろ。目がさめたらこれ着てたから。あくたまるが着がえさせてくれたんだと思う」

「目が覚めたら？」

「うん。ガッコで新ちゃんを手伝おうとしてて……足、だれかがつかんだ気がしたら、かいだんふみ外したようなスカッとした感じがして。……そこからおぼえてねー。おっさんは？」

「皇臥、な。北御門皇臥」

子供からすれば、二十歳《はたち》超えればみなおっさんという認識なのだろうが、まだまだそれを簡単に受け入れるには抵抗感がある。

「わかった、こーちゃんな」

「距離感の詰め方すごいなお前」

「じゃあ、かずってよんでいいぞ」

「さらに近距離に飛び込むそのセンス嫌いじゃない」

つい、返す言葉に素が混じってぞんざいになった。

皇臥自身が北御門家の末っ子という立場なせいか、年下または小さな子供の相手というのは機会が少ない。弟妹に憧れ続けた皇臥だが、それだけに扱いに迷いが生じがちなのだ。ぶっちゃけ、嫌われたくない。ついつい、いい兄になりたいという意識が生じる。要はかっこうつけなだけではあった。

「……新ちゃんは、呼ばないんだ」

聞こえるか、聞こえないかの小さな声音は、気を緩めていれば聞き逃していただろう。聞かなかったことにして流すべきか、少し踏み込むかをしばし悩み、そのわずかに生じた間を埋めるように、にかっと焼けた肌に際立つような白い歯を見せて一貴は笑った。

「こーちゃんも、あくたまるがつれてきたのか?」

「そうかもしれないな。だが、俺は足を摑《つか》まれた覚えがない。気づかなかっただけかもしれないが。歩けるか？」

「平気。おなかぽんぽんだし」

少年は自分の腹部分をぱんぱんと手のひらで叩《たた》いて胸を張る。

「かずは、ここにつれてきた芥丸と今まで一緒にいたんだよな？　どんなやつだ？　俺は遭ってないから、聞いておきたい」

袖を摑んだままの一貴の歩《あゆみ》に合わせて、皇臥は周囲を見回し歩き出す。式鬼の蝶《ちょう》を出して周辺を探索はしたものの、閉じた空間であることはすでに把握済みだ。すべての空間を探索できたわけではなく、神隠しの元凶であろう、士野白の旧《ふる》い若君――芥丸にも出くわしてはいない。できれば避けて通りたいが、そういうわけにもいかないだろう。

「目が、くりくり」

「可愛《かわい》らしい」

「手が小《ち》っちゃくてさ。ほっぺたがぷくぷく」

「子供だからな。せめてぷくぷくと表現してやれ」

芥丸は幼い城主とは伝え聞いてはいたが、一貴が「手が小さい」と言及するということは、8歳の彼よりも年下の男の子なのだろう、とぼんやりと皇臥は想像を巡らせた。

「あと、歯がするどくて、それはちょっとこわかった」

「ほほう。まあ昔は歯の矯正とかの概念はないだろうからなあ」

「しっぽがたくさん」

「待て」

思わず、皇臥が足を止める。

それにかまわず、一貴はさらに言葉を連ねた。

「茶色くてけむくじゃらでしましま」

「人間じゃなくねえ!?」

「はじめてみたときは、森下《もりした》の弟くらいの子だったんだけどなあ」

その森下の弟の詳細はわからないが、察するに同級生の弟ということだろうか。

強い執念を抱いた意識は、己のカタチや肉体を意識できなくなれば異形へと変じていくこともある。

本来の存在から歪《ゆが》んでいった怪異は、手ごわい。

それが普通の人間であったとしても、人の理から外れていくのだ。

薄暗い土間のような空間を、等間隔で置かれる灯明を頼りにゆっくりと歩いていく。

この場所が、神隠しを引き起こす怪異の結界内であれ、脱出する手立てを講じなければならない。

今のところ長瀬一貴に危害を加える様子はないらしいし、危険から遠ざけようという意識があるらしいが——その怪異が察知した危険とは、何なのか。

自然と皇臥の眉間に皺《しわ》が寄る。

その表情に気付いたのか、スーツの袖をつかむ小さな手に、力が増したようで、慌てて表情を緩めた。意識して、笑みを浮かべる。

黒々とした大きな目が、幾度か瞬きをして、笑い返す。子供は大人の鏡だとはよく言ったものだ。不安を見せるわけにはいかない、と片手で自身の頬を軽く叩いた。

——しゃり

かすかな、ほんのかすかな砂を踏みしめるような音が耳に届く。

弾《はじ》けるように、一貴の首が後ろを振り返った。

「わ、か」

ククッ、と密《ひそ》やかな小鳥のさえずりのような音に混じって、そんな呼びかけが皇臥の耳を打つ。

近くではない。

まだ距離はある。

背中、首、後頭部、とラインを描くように寒気が駆け上がった。

なけなしの霊的感覚がフル稼働している。

いわゆる霊感は限りなく低い。心霊系トラブルを解決する家業を背負っている身としては情けないが、それでも陰陽師《おんみょうじ》としての最低限の修行は修めてきている。

しかし、霊感が鈍いというのは、こういった稼業において、有利ではないが決して不利なだけではない。

何しろ——恐怖に呑《の》まれない。

「あくたまる！」

微《かす》かに喜色を混じらせているような一貴の呼びかけが終わるよりも早く、皇臥は無言で、一貴の身体《からだ》を抱えあげた。

芹の作った弁当の容器と、まだ中身が残ったペットボトルを放り出し、振り向かずに駆け出した。

「こーちゃん⁉」

驚いたように一貴は声を跳ね上げる。

やや、乱暴に抱きあげた自覚はあるが、前もっての注意の余裕などなかった。

半ば担ぐような姿勢になり、不安定な姿勢に慌てて一貴は皇臥の肩に手を回すようにしがみついた。

「後ろに、いるの、芥丸か⁉　士野白の城主か？」

大股で走りながら、皇臥は自分の背後を見ているだろう一貴へと、確認の声をかけた。

「わか」

子供のようにたどたどしく、拙い呼びかけの中に、くるる、と小さな愛らしいともいえる鳴き声が混じる。

「いるよいるよここにいるよいるずっと」

優しく囁《ささや》く声は、一貴と歳の変わらない子供の声に聞こえた。

声変わりをしていないからだろう、男子とも女子ともとれる。

ただし、それは呼びかけだが、皇臥たちの反応や態度をまったく気にしていない。

奇妙な抑揚の声に、違和感を覚えたのか一貴が身をこわばらせたのを、皇臥は抱えあげた両腕で感じ取る。

永遠に続くような薄暗がりの板塀に沿いながら、皇臥もその呼びかけに反応することなく距離を離そうと駆けた。

抱えあげた子供の重量がやや難儀だが、放り出す気はなかった。一瞬だけ振り返れば、双つの金色の眼《め》が、爛々《らんらん》として薄暗がりの中に輝いている。

さほど大柄ではない。むしろ皇臥のみぞおちあたりが精々だろう。

祈るように小さな手を、自身の顔の前で組み合わせていた。

「いるのいるのいるのおくちのなかにいるのいるのずっとずっとずっとだいじだいじだいじぜんぶ」

距離を離そうとしているのに、くっきりと耳に届く柔らかな声は、しかし再生機能が壊れた音声データのようにも聞こえる。

「あくたまる、どうしたんだよ！　なんでそんな変なかんじになってんだ!?」

大人しく担がれた一貴が、呼びかけながら皇臥の首にしがみつく力を強くした。

「かず、お前と友達になったっていう芥丸は、あんな怖いのじゃなかったんだな？」

「かわいかったよ！　おれら、ずっと抱っこし合ってたもん！　あったかかったしやわこかった！」

「そのほのぼのとしたワードにまったくそぐわない顔してるぞ！　というか……」

混乱したように訴える一貴の言葉を確認するように、皇臥はもう一度背後を振り返った。

芥丸と呼ばれるモノとの距離は、かなり離している。

あとは、先ほど蝶の式鬼が結界の端から端へ、ループさせられたように同じ場所に移動させられないように気をつけなければならない。

一瞬だけ抱えた一貴を揺すりあげるようにして抱き直し、その体重が浮いた隙に懐から式鬼用の呪符を出し、放つ。

すっと滑るように、流れるような複雑な文様を描いた符が、地面に落ちる直前羽ばたいて、蝶へと変化する。

ぴくり、と背後にいた「芥丸」がそれに反応したようだった。

小さな丸い耳が側頭部に貼りつくようにピンと立ち、濡《ぬ》れたように大きな黒い眼は左右に離れて位置しつつも、真《ま》っ直《す》ぐに皇臥たちを見ていた。

本来ならへこんでいるはずの頬から首の根元が歪《いびつ》に膨らんでいて、ぐち、ぐきゅ、と何かが擦れるような音が時折聞こえる。

「……リスだよな」

「多分」

柔らかそうな白い腹毛。流れるような大きな尾が複数本、背後に左右に伸びてゆらりと揺れている。

小さな手を祈るように組み合わせ、真っ直ぐにあどけなく、それは、皇臥と抱えられた少年を見ていた——栗鼠《りす》。

皇臥の胸の下までありそうなサイズのそれは、袖だけ、ぼろぼろの着物を通している。ともすれば、どこかの遊園地で愛嬌《あいきょう》を振りまいていてもおかしくない、戯画めいた栗鼠だった。

形としては頬袋がぱんぱんになったシマリスに近いが、縞の尻尾が数本うねり、全身茶色で腹毛が白い。

「まもるまもまもれずっといただいただいじだいじ」

囁くような声は、まったく悪意を感じさせなかった。むしろ、柔らかな慈しみすら感じるがそれこそが皇臥の首の後ろを伝う冷たい汗の原因だった。

苦々しく、歯の隙間から押し出すように、軋《きし》んだ声で皇臥は呟《つぶや》いた。

「――……あれは、霊や妖物じゃない、栗鼠でもない。……式神……だ」

断定した瞬間、足元を風が一陣通り過ぎた気がした。

ひゅん、と空気の圧がふくらはぎを淡く押したような感覚。それと同時に、後ろに靡《なび》いた長めの髪が、逆巻く。頬を不自然に後ろから撫《な》でられた。

それを感じた瞬間、必死で駆けていた足を、つんのめりながらも急停止させる。

「わ、か」

さっきまで後ろから聞こえてきた少し高い、可愛《かわい》らしい声は、今度は皇臥のほんの3メートル先から発せられた。

行く手を遮られている。

巨大な栗鼠――芥丸と一貴が呼んだけものは、小さな手を高々と上げて、おねだりするように皇臥へと差し伸べている。

くりくりとして濡れたような黒い眼は、愛らしいはずなのに感情がわからない。

「わーかーわかーわー」

もう一度、無邪気に見える抱っこを強請《ねだ》るような仕草で、両手を差し伸べている。

仕草は、小型の着ぐるみのようで愛らしい。

その動きに誘われるように、皇臥の腕に保護されていた一貴が、思わず腕を突っ張るようにして、身を乗り出しそうになった。

それを制するように、皇臥は抱えあげた少年を軽く揺すりあげる。

皇臥の意図を察したらしい一貴は、困ったように皇臥を見て、芥丸を見て、眉を下げた。

長瀬一貴にとっては、急に神隠しとして連れ去られはしたものの、ともだちになったという愛らしい栗鼠である。

そしておそらく先ほど一貴を危険から遠ざけるように逃がしてくれたおかげで、皇臥と合流できたのだ。

下手すれば、つい先ほど顔を合わせたばかりの皇臥よりも信頼関係が築けているかもしれない。それが一見敵意なく手を差し伸べてきているのだ、迷う気持ちはわからなくもなかった。

いつまでたっても来ない一貴に、巨大な栗鼠が首を傾《かし》げた。

「かー……」

膨らんだ頬が、ごもりと不自然に蠢《うごめ》く。

小さな手で、自身の顔を撫でるように頬を押した。

尖《とが》った口から、ぽとりと白い塊が落ちる。

「わかー！」

見せびらかすようにその細長い塊を拾い上げて、ぶんぶんと振る。

仕草はひどく無邪気でユーモラスで、ともすれば口唇《くちびる》が緩みそうになるのだが、皇臥は慌てて一貴の視線を遮った。

その口の中から取り出した白いものが、何なのか。

理解した瞬間、皇臥の背筋に寒気が走る。

――骨、だ。

推定、腕か脚か。細長い棒状の骨だった。

それを見せまいと姿勢を変えた瞬間。

また背後から風に押された気がした。

「な……！」

得体のしれない栗鼠――芥丸は、一匹ではなかったのかと、慌てて一歩離れようとして、それが栗鼠などではなく、人間の形をしていたことを一拍遅れて気づく。

「邪魔なので、退いてほしい」

忠告めいた声が耳朶《じだ》を打った。

二本の指を立てて刀印を結び、栗鼠へと駆ける灰色の背中が皇臥の目に焼き付く。

どくん、と嫌な鼓動が脈打ち、喉が、奇妙に渇いた。

金属音に近い高い響きとともに、襲撃者の刀印は鋭い前歯で留められていた。

しかし、弾《はじ》けるように白い腹毛に蹴りを入れつつ距離をとり、無駄のない動きでスーッの胸元から一枚符を指に挟んで取り出している。

芥丸と呼ばれる栗鼠は、尻尾を足のように地に這《は》わせ、身を持ち上げて歯を剝《む》きだすようにして、威嚇の音を吐き出した。

「――……なん、で」

乾いた口蓋から、懸命に言葉を綴《つづ》ろうとしたが、皇臥自身情けないような掠《かす》れたような声音しか吐き出せない。

聞き覚えのある声。

見覚えのある動き。

中肉中背の灰色のスーツの背中と、後ろ姿から垣間《かいま》見《み》える頬のライン。

皇臥の眼が見開かれた。

嫌な汗が背を伝うのを自覚する。

恐怖なのか緊張なのか、嫌悪なのか、または歓喜なのか。自分でもわからない胃の下あたりが冷たくなるような感覚に包まれる。その中で、しゃりしゃりと砂を踏みしめながら近づいてくる足音が聞こえた。

「あれぇ？　もしかして佳希くん？　なんでこんなところにいるんだい？」

場違いな、軽やかな声がさらに後ろから響いた。

反射的に振り返ると、薄暗がりから、40がらみの白髪と黒髪が等分に交じりこんで灰色に見える髪の猫背の男が、ゆらりと現れる。

まるで散歩の途中のコンビニで、お隣さんにでも出くわしたかのような、当たり前の軽やかな表情と足取り。

「久しぶりだねー。佳ちゃん」

「…………？」

しばし、言葉の親密さを理解できずに固まってしまったが、年齢の印象があやふやなどこか浮世離れした雰囲気には、覚えがあった。

「──……まさか」

「おや、覚えていてくれたかい？　それとも忘れてしまったかな？」

目元や表情。滲《にじ》む雰囲気をまじまじと見つめて、皇臥は更に掠れた声で呟く。

「……公兄《きみ》さん……？」

自分でも情けないような声で、長年そう呼びかけていた愛称を口にして、なぜ、と混乱気味に口唇を動かした瞬間。

「あるじさまじゃまー！」

「あるじさま、けります！」

不意に鋭い声とともに、頭上から聞き慣れた──しかし、今ここで聞くはずのない幼い怒鳴り声の二重奏が響く。

「えっ？」

「なに?」

皇臥自身も、目の前の男にとっても、それは予想外であった。やや間抜けな問い返す音色も、期せずして二重奏となる。

それとともに、皇臥の頭上に見覚えのある丸まった姿が現れた。衝撃に備えてだろうか、固く目を閉じ、丸くなってカバンを抱えている。

「芹!」

北御門芹が、閉じられた神隠しの結界へと侵入を果たした瞬間だった——。

7

怪異の現象には、必ず何らかの引き金が存在する。

もちろん、まったく関係なくうっかりと出合い頭に不運の巡りあわせとぶち当たることもあるだろうが、芹にとっては、理不尽でも何かの原因があって、災厄は引き寄せられる。

それは名前の偶然であったり、一枚の記念写真だったり、運び込まれた荷物だったり、うっかりと踏み込んだ廃遊園地だったり。

多くは不運だが、それがすべてとは言わない。

北御門家に縁を結ぶことができたし、友人を助けることもできた。

とはいえ、自分からわかっていてその引き金を引きに行くというのは、なかなか二の足を踏みたくなるものである。

お土産を持たせてくれようとする笹倉佐千恵を振り切るようにして、岩見商店の裏口から、辞去したあと、芹は早足で新島家へと向かった。

左右にいつものように玄武の双子が付き従ってくれるのが心強い。

泊まり仕事になるだろうからと、自分たちの食事の支度を整えてくれている最中だったのだろう。ふんわりと香ばしい薫りが玄関先からでも漂ってきた。

そういえば《スイートプラム》のオーナーである山県《やまがた》さんにピンクのポタージュのレシピをいただいたのに、まだ作っていないことを思い出す。

玄関から声をかけてみたが、依頼人である新島厳美は、不在のようだ。ハーブを植えているガラスハウスも一応覗《のぞ》いてみたが、姿はなかった。

おそらく長瀬一貴の髪か何かを手に入れるために、彼の自宅に出向いてくれているのだろう。

「……多分。一貴くんがいなくなったのは……新島さんの話から察するに、差し入れの蒸しパンを御馳走《ごちそう》だってはしゃいだのが、原因。多分」

最初に案内されたこの茶の間で。廃校内の『川床』で。新島に茶を出された時、彼は必ず「つまらないものですが」と自然と口にしていた。

それを不自然と思わないくらいに、この村では徹底されたまじないだったのではないだろうか。

――悪いものから身を護るための、旧い法則。

もちろん、推測であり、仮説でしかない。

ただ、いくつかの怪異に遭遇してきた芹の、心のどこかに引っ掛かった勘だ。

姿を消した二人の共通点――間違いだったならこの思い付きは放り投げて、新しい手がかりを探せばいい。

そんな簡単なことで、神隠しに遭ってしまうのか――理不尽を通り越している気もしたが、法則に縛られた呪いを葦追《よしおい》で経験しているだけに、簡単に否定もできない。

「皇臥は、お弁当の残りを御馳走だって、言ってたんだよね」

それを思い出すと未《いま》だに気恥ずかしいのだが、同時に嬉《うれ》しい。

「自分の弁当の残りが原因で、皇臥が行方不明とか……」

忸怩《じくじ》たる思いはあるが、それで喜んでくれるのはありがたいことなので、個人的には勝手に神隠しに引っ掛かってしまったことは、不問に付そうと思う。

「せりさまのおべんとう、おいしいのでしょうがないです」

「あるじさま、へたうちました。けど、おべんとうはしかたないのです」

今回は、たっぷりほうれん草入りのだしまきという、玄武姉妹共通の好物を入れていたせいか、いつも以上に好評いただいたようで、つい頬が緩んだ。

目線を合わせるように屈《かが》みこみ、黒髪と白髪の幼女たちの頭を順に撫《な》でる。

「祈里ちゃん、護里ちゃん。ちょっと叱られるかもしれない、危ないことをします」

「あぶないことはだめです」

祈里はにべもなかった。

「でも、護里がまもるので、だいじょぶです」

フォローするように護里が言葉を継ぎ足すと、祈里の眉間に見る見る深い皺《しわ》が刻まれて難しい表情になる。

台所には、作りかけの料理が火を止めた形で置かれたままだ。

おそらく、主人の留守中に勝手に料理を一品つくるなど失礼なことだとは思うのだが、他に方法は思いつかない。

それに単純に料理の腕がいいのは、オーベルジュの経営に携わっていた新島に決まっている。その作りかけの食事を傍らに、自分の料理を絶賛しなければいけないというのは、なかなかに羞恥である。

しかも、上手くいくかの自信もない。

「……誰もいなくてよかった」

新島に当てて、冷蔵庫から卵を二個借り、少しだけチーズをもらったことをメモに記して、茶の間のちゃぶ台へと置いた。

今は火の消えているキッチンで、卵を泡立て、チーズをいれてチーズオムレツを手早く作る。

「せりさま、おやさいいれましょう」

力強く訴える護里に苦笑しつつ、ほこほこと湯気の立つオムレツを少し考えて奥の仏間へと持っていく。

そこには、多くの人形たちに囲まれて、小さな少年と優しげで儚《はかな》げな女性の遺影がたたずんでいる。

つまらないものですが——は、誰かへの贈答のさいの魔除《まよ》けだ。誰かに、捧《ささ》げるものでなければならない。そして、今現在新島家は無人だ。

染みついた線香の香りの中に、チーズの香ばしさが混じりこんだ。

芹は仏壇の前に正座して、スマホを上着のポケットの、一番深い場所へと入れて、外から形を確かめるように、ポンと叩《たた》いた。肩にかけたカバンに玄武たちに入ってもらい、しっかりと手放さないように掴《つか》む。

「――……えーと、白花《きよか》さん、香月《かづき》くん。……そま、いや、そうじゃなくて」

手を合わせ、粗末なもの、と言いかけて違う違うとひとりで首を横に振った。

「シンプルですが。うちのお義母《かあ》さんの好物です。ホワイトソースと一緒だと、さらに表情が蕩《とろ》けるの知ってます。――御馳走です！」

そう言い切っては見たものの、自分でシンプルなものだとわかっているので、顔が赤くなった。シン、と部屋の静けさが耳に痛い。

「せりさまの、おむれつすきです！　ごちそうです！」

「ぜったいおいしいです！」

卵料理が好きな祈里が、カバンの中から力強く言い添えてくれた。

新島白花の形見であるたくさんのぬいぐるみや人形が、じっと見ているような気がしておかしな緊張が走る。

両手を合わせて、半ばやけっぱちなプレゼンめいた賛美を重ねる。

「自分の料理を自分で絶賛とか、わりときついわー！　でもかえる食堂のモーニングメニューでもあったから！　わたしも大好きだったし！　出てきたらテンション上がりますから！　皇臥も、チーズ入ってるとご機嫌ですし！　少しベーコン足すとたまに鼻歌とか出てるの知ってるし！」

うっかり、この瞬間に新島さんが帰ってきたら、穴掘って埋まろう。

玄関にシャベルがあった。

そんな自分でもややばかばかしいかもしれない羞恥に耳が熱くなったのを意識した瞬間
——穴に、落ちた。

「え」

眠っているときに、不意に高い場所から落ちたような感覚を覚えて、ひやりとするのに近い。

無意識にカバンを抱きしめて体を丸めた。カバンの中で、玄武たちが身動《みじろ》ぎするのが伝わってくる。

「えぇ？」

上下感覚が分からなくなって、横を向いているのか逆さまなのか、ちゃんと上を向いているのか判断がつかない。なので、衝撃に備えて体を丸くする。

「あるじさまじゃまー！」

「あるじさま、けります！」

カバンの中から飛び出したらしい双子たちの声が力強く響く。

「蹴るな蹴るな！」

何かちょっと不思議そうな声が聞こえた気がしたけれど、それよりも打てば響くような玄武たちの狼藉《ろうぜき》予告に反射的に待ったをかける。

かけた瞬間——思ったような痛みを伴う衝撃ではなく、力強く何かに身体《からだ》が受け止められていた。

ふわりと、優しい香の匂いに包まれた瞬間、胸が熱くなる。

「芹……！」

おそるおそる目を開けると、視線が真正面からぶつかった。

怜悧《れいり》な印象の眦《まなじり》、よく知った黒々とした瞳だ。

「皇臥！　ばか、なんでいなくなるの！」

それが誰かを理解した瞬間、自分でも理不尽な言葉が迸《ほとばし》ってしまった。

「それについては誠にすまん」

「心配したんだからね！」

「それは……すげー嬉しいと言ったら怒るか？」

丸くなった姿勢のまま、芹は皇臥に抱き留められていた。

その足元で、見覚えのある少年が祈里と護里に受け止められている。

間近で見上げる表情が、驚愕《きょうがく》一色に染まっていて、別に狙ってはいなかったが、驚かすことには成功したようだと、少しだけ胸が空いた。

「……怒髪天だよ」

自分だって、皇臥が消えた瞬間同じ顔をしていたに違いない。

「いや、むしろ何で芹が今ここにいるんだと、玄武たちを説教したい気満々なんだが」

複雑そうな皇臥の表情と改めて目を合わせて、なぜかくすぐったいような感覚が湧き上がる。

「……あ」

自分だけの物思いと感情に囚《とら》われていたのは、束《つか》の間《ま》だったと信じたい。

周囲に注意を巡らせれば、この場にいるのは、自分と式神たちだけではなかったことに気付いた。

「……え？　なんで」

「なんでは基本的に、俺の反応のはずなんだが！」

そうつっこむ皇臥から少しだけ離れた場所に佇《たたず》む男性に、芹は見覚えがあった。

思いがけない場所で目にする知った姿に、どう反応するべきか躊躇《ちゅうちょ》してしまう。

「え、だって……なんでここに先生がいるの？」

「先生？　公兄が？」

「公兄⁉」

芹が知る事実として、北御門家で、血の繋《つな》がりのない相手に兄姉として呼びかけ、接するのは同門の同じ師を仰ぐもの同士である。

「あたり。偶然だねえ」

守矢《もりや》公人《きみひと》。

二十六代目当主であった祷守——先代の北御門皇臥の弟子のひとりが、灰色がかったような瞳に、空虚な親しさを満たして笑いかけていた。

「……え、ということは……守矢先生って、北御門家の人？」

皇臥に支えられながら、一度腕から降りて、芹は周囲を見回し、そして再び思いがけない場に立つ准教授へとまじまじとした視線を向ける。

守矢公人は、肯定とも否定とも取れる曖昧な笑みを浮かべていた。

「一体なんで、公兄さんがこんなところにいるんだ⁉」

やや気色ばんで問いかける皇臥に、ひょいと肩を竦《すく》めると、守矢はいつも大学校舎を歩く時と変わらぬゆらゆらとした猫背の姿勢のまま、皇臥と芹をすり抜け、その奥へと歩を進める。表情はいつもと変わらぬ、茫洋《ぼうよう》としたつかみどころのない色合いのままだ。

「うん、ちょっと欲しいものがあってね──シン」

皇臥への答えはすぐに、他への呼びかけに替わった。打てば響くように、返答が返ってくる。

「悪い。一瞬のごたごたで、逃がした」

「それはしょうがない、僕も珍客の登場に気を逸《そ》らしてしまった」

誰？

通路のようになった板塀沿い、皇臥の向こうから聞こえてくる声音に、芹は鳥肌が立つ気がした。

その理由を察した瞬間、自分が今、なぜここにいるのかその理由が曖昧になる。

「──……え」

亡き人の思い出は、声から消えていく──そんな言葉を聞いた覚えがある。

その言葉通りに、思い出そうとして思い出せない声だった。

姿は、思い出せるのに。いや、正確には昔の写真を取り戻したことで、曖昧だった記憶が補完されたというべきだろう。

思い出せないことに煩悶《はんもん》したこともある、その密《ひそ》かな芹の懊悩《おうのう》が一瞬で消えた。

「ちがう！　芹、あれはちがう！」

思わず駆けだそうとした芹の往く手を、皇臥が身体で留める。

行く手を遮られ、芹は思わず皇臥を押しのけようとして、敵《かな》わない。

「ちがう？　そんなことない、何で？　だって、あれは……」

守矢は軽い目礼を送るようにして、軽やかな歩調で奥へと小走りに駆け出していた。また後で、とでも言いたげに軽く片手をあげる仕草、それと並んで、灰色のスーツ姿の男も付き従う。

中肉中背の背中は、守矢と違いこちらを一顧だにしない。

あの背中を、知っている。

皇臥を押しのけようとして、しかしさらに重みが加わって、動けなくなった。服の裾を、祈里と護里が固く握って離さない。

二人そろって、強く首を横に振っている。

だめ、と言葉にはしなくても、双子たちからは強い意思が感じられた。

「なんで!?」

思わず、詰るような声が漏れてしまう。

口にして、その響きの尖《とが》り具合を自覚して、懸命に自身を制しようとした。皇臥は、双子は、絶対に自分のためにならないことはしない。それを理解していた。

だから。

本当はわかっている。何かがおかしい。

なぜなら――写真そのままなのだ。

三十代前半から中ごろ、目許《めもと》が自分によく似ていると、繰り返し飽きずにその写真たちを眺めた。貴緒が、少しだけ語ってくれた面影に、自身の思い出を重ねて、想《おも》いを馳《は》せた。

「ちがいます、芹さま！　ちがう！」

腰にしがみついているのは、祈里だった。

祈里に気をとられた瞬間、さっきまで自身を受け止めてくれた腕に、抱きすくめられた。

「ちがわない！　だって、あれは……」

頭の中が掻《か》き乱《みだ》される気がした。

もう死んだのだと、帰ってこないのだと、小さな頃に何度も心に刻んだ。

諦めて諦めて。

それなのに、夢に見て泣いて、虚空に呼んで返ってくる沈黙に傷ついて――。

灰色のスーツの背中は、「いってきます」――そう告げた、最後の光景と同じで。

「……お父さん！」

――野崎真一郎《のざきしんいちろう》。

写真の中でだけ笑う、彼へと、芹は懸命に呼びかける。

守矢公人とともに闇に滲《にじ》み消えていく背中は、芹を気にする気配すらなかった。

「なんで!? お父さん! お父さん……芹だよ! ど、して……!」

なぜ、守矢と一緒にいるのか。

なぜ、振り向いてもくれないのか。

護里と祈里と交じるようにして、事情は分からないなりにその様子を痛ましく思ったのだろう少年が、宥《なだ》めるように芹の背を、優しく撫《な》でようとしている。

それに今は気づくことなく、薄闇の中「父」を呼びながら芹は懸命に仮初の伴侶である皇臥にしがみついていた。

8

士野白村に入る直前の、本来はトロッコを通していたのだという、狭いトンネル。

移動させるはずだった北御門家の軽自動車を運転してきた八城真咲は、村からトンネルを抜けたところで、一度車を停《と》めた。

視線をきょろきょろと彷徨《さまよ》わせ、また少し車を進ませようとする。

天気は良く、ドライブ日和ではあったが、一応仕事中だ。

しかし、スマホに入ったメッセージに、半信半疑で村の外まで走ることになった。

「おーい！　真咲ー！　ここここ！」

車のエンジン音にも掻き消《け》されない、軽やかな声が響く。

「………」

微妙に、眉間に皺《しわ》が入ってしまったが車の進行方向に、灰色のセダンが駐車してあるのが見え、その傍らに元気に両腕を振り回すようにして存在アピールしているほっそりとした姿があった。

それに気づいた瞬間、ちょっとした違和感を覚えて、八城の首が傾く。

「わりー、わりー！　俺ちゃんの愛車がパンクしちまってさー！　ここまで根性で来てみたはいいけど……なにぃー？　真咲、変な顔してんじゃん！」

新緑のトンネルを、黒い姿が跳ねるようにして駆けてくる。

そう黒だ。総黒色。

学生服と、黒い頭。

顔を合わせた時には、色褪《いろあ》せた麦わらのような淡い色合いだった頭が、真黒く染まっている。

それに気づいたのだろう、学生服の少年は前髪を指でつまんで、にやりと屈託なく笑う。

夕凪影臣《かげおみ》という諱《いみな》で、霊能者として活躍していた夕木奏多《ゆうきかなた》である。

北御門家に今回の仕事を紹介してきた、夕木薙子《なぎこ》の弟――ついついメッセージアプリのアカウントを互いに交換してしまったために、うっかりと友人づきあいをする羽目になってしまった。

――なってしまった、と表面上で毒づいてはいるものの、八城としては意外と付き合いやすい相手ではある。一度メッセージをやり取りすると、何時間も途切れずに会話を続けさせるようなことさえなければ。

「ガッコ。決まるまでは黒に戻せって、ねーちゃんがうるさくてよー」

「大人しく家で勉強しろよ、受験生」

苦り切った表情で、八城はやや素っ気なく吐き捨てた。

「そういうつれないこと言うと、真咲のガッコの推薦全力で取りにいくお？」

「お願いやめて」

思わず本音で切って捨てたが、夕凪影臣はたいして気にした様子はない。いつもと同じ軽薄な印象の笑みを浮かべている。

「つか、車パンクしたなら、俺なんか呼ばずに真っ当にJAF呼べよ」

八城は、車から降りながら道の脇に置かれたありふれた灰色のセダンへと近づいていく。

スマホのメッセージアプリで、影臣が士野白村に向かう途中、車がパンクしたと救援要請を送ってきたのだ。困ったときはお互い様だし、自身は廃校で泊まるつもりだったので、一人くらい増えても融通は利くだろうから、迎えに来たわけであるが。

「えぁ？　ちがうちがう、俺ちゃんの愛車コッチよ？　ブラックストリームドラゴンスーパーフリーダムエクセレント号」

ちょい、と彼が指さす方向へと視線を向けると、山側に立てかけるようにして、無造作にツーリングバイクが斜めになっているのが見えた。いわゆるロードバイクよりも骨太な印象の黒い車体には、後輪のホイール脇に荷物と虹色にペイントされた流線型のサイクリングヘルメットがかけられている。前輪は頼りなくぺちょりとへたれてしまっていた。

「お。お前こっち派かー。俺も、自転車は自転車でよさそうで狙ってるんだよなあ」

「真咲、車があんだから、折り畳み系のマウンテンバイクとかよくね？」

「そーそー、もっと軽くあちこちいける……じゃなくて」

ついつい、磨かれて使い込まれた自転車へと意識が惹《ひ》かれかけて、慌ててそれを現実に引き戻した。

「お前、何しに来た？　つか、何で学生服？　で、何で俺に連絡してくんだよ」

「ツーリング用の服装だと、ねーちゃんに見つかるだろ。邪魔すんなって全力阻止されんぞ？　って、何、メッセージ打とうとしてんのー！」

「薙子さんの気持ちがよくわかるからに決まってんだろ」

身長差を活《い》かして、自身のスマホを取り上げられないように差し上げながらメッセージを片手で打とうとしていると、学生服のエセ霊能少年がセダンのほうをちょいちょいと親指で指しているのに気付く。

「俺ちゃん、二時間近く、ここで見てるけど……ほっといていいような気がしなくてよ。もうすぐ暗くなるし」

八城はつい、手を止めて影臣の示す方向へと視線を向けた。

灰色のセダンは、進行方向を土野白村へと向けて停められているが、北御門家がここを通った時には、影も形もなかった。はずだ。

「あー……」

八城が訝《いぶか》しげに首を傾《かし》げるのを見て、影臣はやや苦い表情で、セダンへと近づいていき、手のひらをボンネット方向に開いて見せた。

「いちお、新島さんの件が気になってさ。キタミカドがこっち来てるって聞いてたのもあって、ここまで走ってきてさー──いきなり肘に灰色の気配がぶつかったわけよん。俺ちゃんの特技知ってっしょー？」

開いた手のひらをわきわきをさせて、八城の記憶を想起させようとする。

「ああ。触ったものの色がわかる、だっけ？」

「そ。つまり、当たるほどそばを通り過ぎるまで、車に気付かなかったわけよ。で。いきなり車が現れて……さすがにびっくりして、大コケってわけ」

車へと向けられた手のひらが、斜めに置かれたツーリングバイクへと移動する。

「隠形で隠されてたと思うんだけどなー。俺ちゃんが意識しちったせいで、多分、解けた。ほら、意識されると存在感が浮き出ちまうって、よくあるしょ？」

「まじか」

「いや、隠されてるだけなら別にいいのよ、駐禁とられるのも面倒だろうし……便利っすなーって感じ」

軽薄な影臣の言葉に、それですませていいものかと八城としては首をさらに斜めにしたくなったが――その首の角度が、不意に真っ直《まっす》ぐになる。

よく見て気付いたが、セダンの助手席が傾いて、人が乗っている。

女性だ。

大股で、八城が車へと近づいていく。

「二時間？　このまま？」

影臣を振り返り、確認する言葉に、黒く髪を染め直した少年は、こっくりと深く頷《うなず》いた。

「眠り姫、このままにしていいか、俺ちゃんもちょっと……迷うとこなのよ」

木陰が陽を遮り、熱射病の心配はないようだが――それでも、この季節完全とは言いきれない。

セダンの濃い灰色のシートには、眼鏡の女性が横たわっていた。

やや長めの髪がシートに広がり、女性らしい若草色のカーディガンと生成りのワンピースを身に着けている。口唇《くちびる》が微《かす》かに開いているが、呼吸の状態は――よく見えない。

「……沙菜《さな》先輩？」

八城の所属する廃墟《はいきょ》研究会の先輩、高橋《たかはし》沙菜が、車内に静かに横たわっていた。

こんこん、と八城が窓を指でノックしてみたが、反応はない。その様子に、影臣が目を丸くする。

「知り合い？　多分、隠形破っちゃった身としては、オンナノヒト放置して御免なすってもできんくてさー。事故って自転車もパンクしたし、そんならキタミカドに押しつけ、や、押しかけちゃえーってなもんでさー！」

一瞬、ぶっとばしてやろうかという物騒な意識が過ったことは否定できなかったが、それでも目の前の光景と知人の姿に、八城も硬直してしまう。

「……取りあえず、師匠に連絡か」

すぐに車の移動はできなさそうだ。

救急車を呼ぶべきか、もう少し様子を見るべきか。いや、確か高橋沙菜は、ゴールデンウィーク中、叔父の守矢公人と複雑な人間関係のただなかに飛び込みに行くという話をしていたはずだ。

「じゃあ、何でここに？　というか——隠形？」

隠形——その言葉はよく知っている。

自身が契約した、十二天将の伊周がその力に特化した式神だ。

何で？

その言葉が頭の中を巡るが、どの部分に焦点を置いて追及すればいいのか、八城も混乱していた。

廃墟研究会の先輩である沙菜がここにいること。そして、なぜその姿が隠形によって隠されているのか。

車ごと隠せるほどの隠形の術を、使ったのは誰なのか？

ナンバーと内装から、八城は灰色のセダンの持ち主を見当をつけることができた。

「師匠は……調べもの中だよな。邪魔も悪ぃか」

先んじて師匠の皇臥にはメッセージを送ったが、既読にはなっていない。

追加していくつかメッセージを送った後、物思いに沈みかけていた八城の意識は、あまりにも自然に自分の手から掏り取られたスマホへと、強制的に引き戻される。

「……って、お前人のスマホに何勝手にメッセージ送ってやがんだ！」

「えー。俺ちゃんもキタミカドにいちお、ご挨拶的なー？」

状況が複雑になっている予感に、うっかり気軽に夕凪影臣のメッセージに応えた自分を軽く殴りつけたくなった。

これが、さらに深まる混迷と騒動の一歩目であったことを、あとで知ることになるのである。

富士見Ｌ文庫

ぼんくら陰陽師《おんみょうじ》の鬼嫁《おによめ》　八

秋田《あきた》みやび

2023年７月15日　初版発行

発行者　山下直久
発　行　株式会社 KADOKAWA
〒102-8177　東京都千代田区富士見2-13-3
電話　0570-002-301（ナビダイヤル）

印刷所　株式会社暁印刷
製本所　本間製本株式会社
装丁者　西村弘美

定価はカバーに表示してあります。　◇◇◇

●お問い合わせ
https://www.kadokawa.co.jp/（「お問い合わせ」へお進みください）
※内容によっては、お答えできない場合があります。
※サポートは日本国内のみとさせていただきます。
※ Japanese text only

ISBN 978-4-04-074535-0 C0193